硫黄島からの父の手紙

周藤征一 編著

展転社

はじめに

父・金一に二度目の召集令状が届いたのは、母・繁子の三十五日の法要を終えた深更（公式には、その翌日付）だった。母は昭和十九年一月二十日、父に見守られて三十八年の短い生涯を終えていた。そんな家庭事情を慮って、父亡き後、親代わりとなって私たち兄弟姉妹の面倒を見てくださった市役所・高浜支所勤務（当時）の三島龍雄氏が一刻も早くと夜中に通知くださったのである。

軍事教練のため、青年学校、国民学校（小学校）と学校勤務だった父は、それから二、三日残務整理に忙しく駆けずり回って入隊して行った。その間に入学を控えた私のために、厚いボール紙製のランドセルと学生帽を買って来てくれた。が、新しい帽子があまりにぶかぶかだったので、いささか幻滅したのを憶えている。

出征前夜、床の間に見慣れぬ軍刀が置いてあった。父が以前から欲しかったのを、どこからか買い求めて来たらしい。それを見た祖母は幼い私に「お前の父親はあんな玩具みたいな物を買って喜んで……」と不機嫌だった。気は強いが平和主義者だった祖母の、父のみならず軍刀を吊って粋がっている世の男性に対する痛烈な批判だったように思える。私は国旗の寄せ書きに「バンザイ、セイイチ」と書いた。

翌朝はかなりの積雪だった。出発前の光景は、まるで映画のワンシーンのように今でも鮮明に蘇ってくる。

祝宴を終えて皆が玄関へ見送りに降り立った時、昨夜のあの祖母が台所の配膳棚にすがって泣き崩れており、開け放った向こうの客間では床柱を背に父と三島氏が肩を抱き合って泣いているのが見えた。私はそのとき思った。男も泣いて良いのだと。

駅頭での送別式で答礼に立った父の姿は、私の想像していた、ゲートルに編上靴の勇ましい兵隊さんではなかった。軍刀は吊っていたものの、ゲートルはなく短靴で、折からの寒風にズボンの裾がはためくのが、子供心にも何とも心もとなく感じられた。

浜田部隊に入隊した父は三月十一日、小笠原方面へ移動。行先は秘匿。書状にあるのは太平洋上の、ある要塞とのみだが、案外早くから硫黄島とわかっていたらしく、青年学校の同僚であった三代関道先生（鳶巣・霊雲寺）がよく立ち寄られ「東京がここで、サイパンはここ、グアムはこの辺、硫黄島がここらあたりで、ここに父島、母島」などと祖母を相手に時局解説をしておられたのを、はらはらしながらそばで聞いていた記憶がある。

そして、昭和二十年三月十七日、硫黄島玉砕。
帰ってきた遺骨箱の中には、小さな白木の位牌が一つ入っていただけである。
陸軍独立歩兵第三一〇大隊（膽第一八三二七部隊）戦死者五百十九名。
――陸軍軍曹・周藤金一　三十九歳の死である。――

征一（北雨）

目次

第三部　硫黄島からの手紙

第四部　関係書簡

カバー写真提供：大西優

凡例

一、漢字は常用漢字に改めた。
一、明らかな誤字・脱字に関しては訂正した。
一、編集者の判断により改行箇所を改めた。
一、編集者の判断により適宜ルビを付した。
一、編著者による注釈を【 】で付した。
一、個人情報は伏字とした。

第一部　硫黄島での遺骨収容活動

周藤征一

生と死、そして父への思い

父の二度目の出征前夜、床の間に見慣れぬ軍刀が、その前に寄せ書きの日の丸の旗、千人針、その傍らに、白布の上に白木の鞘の短刀が置かれていた。絵本で見ていた「楠正成、正行桜井の駅の別れ」の場面にある黒塗りの鞘の短刀から、幼い私にもすぐにもそれが短刀だとわかった。

私は、とっさに柄を取って鞘をはらってみた。二十センチばかりの、冷たく光る刀身、これなら人の腹も刺せるとしばし見入っていた。

背後からそれを取り上げた父は、私を対座させ、その短刀を前に真剣な眼差しで語った。

「わが家は、今でこそ農家、商家だが、元々は武士の出である。

この短刀は、この前お前が生まれた時、出征する私にお爺さんから、最期に使うよう与えられたものだ。幸い前回は無傷で無事帰れたが、今度は駄目かもしれない。その時はこれで腹を切って、立派に最期を遂げる。私が帰らなくてもお前たちは武士の家の子として恥ずかしくないよう、人に後ろ指さされないよう生きるのだぞ」。

幼い私は、絵本に出てくるサムライを思い描いて父の言葉を信じ切った。今考えると、わが家は、何の某とはっきりとした家系図などないのだが、多分父は、周藤姓はもともと山口・周防の国の藤原、元をただせば由緒ある武家の一族だと言いたかったのかも知れない。

それから一年後、父の戦死が知らされた。玉砕の島・硫黄島での。——渡された遺骨箱には、小さな白木の位牌がひとつ。一辺の遺骨もなかった。

それでも、戦死者の遺族として、一種の誇りさえ持っていた。そして、頭の中ではあり得ないと思いながらも、心の奥底では、あの短刀で切腹して最期を遂げたであろう父の姿がいつまでもあった。同時に、武士の子として、どう生きるか悩む少年の私が……。

中学生の私は、「武士道とは、死ぬことと見付けたり」との言葉に出会い、武士としての死とは、人の死

周藤金一

とは、どんな死に方がかっこ良いのか、常に〝死〟を考える日々であった。また、父はその戦争体験を買われて、青年学校、国民学校で若い人たちに軍事教練をしたのではないか、なぜ体を張って戦争反対を叫ばなかったのか、父もまた戦争協力者ではなかったのか、と父を責め続けていた。

高校卒業時、両親のない家庭の子として、まともに就職戦線に入れてもらえなかった私。教師を夢見ながらも大学に行けず、まともに就職もできないで、ついに自衛隊に入隊した次兄、みんな戦争のため、父の戦死のため、父が戦争に協力したためと、中学時代、社会人となってから、そして結婚してからもしばらくの間、私はずっと父の批判者だった。

そんな父への思いが変わったのは、三児を得、私自身が人の親となり父となって、「死ぬ」こととは、「生きる」こと、武士の死とは、その死の瞬間までどう生きてきたのか、つまり、「死」は「生」であると、私なりの思いにいたり、妻を亡くした直後、死地へ向かった父の心境に想いいたすことができるようになった時だった。

父は新聞、雑誌、ラジオなどで世界情勢を客観的に観ていたと思う。アメリカ相手のこの戦争、勝てるわけなどないと思っていたに違いない。しかし、当時の状況から家族のことなどを思い、戦争に協力したのだ。そして、召集され戦場に赴けば、前へ進むだけが父の性格だ。父がどんなところで戦って死んで行ったのか。一度そこに立って、私自身の目で確認したいと思うようになった。

硫黄島に降り立つ

新聞紙上で時折遺骨収集の記事を目にする度に、硫黄島への思いが生ずるのだが、つい仕事の多忙にまぎれ、腰を上げずにいた。戦後五十年、再び「もはや戦後ではない」という言葉が巷で聞かれるようになり、遺骨収集も終わるのではないかと焦りを感ずるようになった。しかし、硫黄島へ行く方法がまったくわからない。

ある時、海軍の遺族の方が東京に「硫黄島協会」というのがあると、事務局を教えて下さった。早速電話をすると、広島へ、広島から出雲へと関係者を紹介していただいた。奇しくも出雲の人は、父と同じ青年学校で軍事教練の指導をされ、同じ部隊で硫黄島上陸直前に戦死された方のご子息だった。その人に教えていただき、県の遺族会事務局を通じて遺骨収集への道が開けたのである。

自衛隊の貨物機C―130から初めて硫黄島の滑走路に降り立った時、火山特有の硫黄の匂いが鼻を突いた。ああ、やはり〝硫黄島〟だな、と思った。戦時中、一升枡の四隅毎に鉄砲玉が撃ち込まれたとか、全島を一メートルの鉄板で覆うほど爆弾が落とされ草木も生えないと聞かされていたのだが、戦後、米軍によって銀ネムの種が蒔かれ、意外に緑豊かな島だった。あちこちにヤシの木が立ち、緑の木々が茂っていた。だが、空港・自衛隊庁舎地区から少し離れると一木もない黄色っぽい、噴気立ち込める硫黄の丘や、枯れ草の荒涼とした原野が広がっていた。

父はここで戦って、死んで行ったのか。そう思うと感無量、熱いものが込み上げて来た。その時はまだ、父が死んだ日も、戦死した場所も知らなかったのだ。

私の一回目の硫黄島遺骨収容は、平成九年の一月だった。どういうわけか、北海道、九州から各一名と私の三名で、後続隊として派遣され、本体と合流して一週間の収容活動だった。作業の行われた壕がどのあたりだったか、今となってはまったくわからない。ただ覚えているのは、近くに炊事壕というのがあって、見学に行った。かなり大きな壕の入り口に二メートル四方、高さ四～五十センチの井戸枠用のコンクリートの枠があり、それに鉄棒を渡し飯盒をぶら下げておくと、数刻後に飯が炊けているというものだった。

隣で覗いた人は瞬時にメガネが曇ったので、慌ててそれを外したのを忘れない。そして、私が予想していたより寒く、休憩時間には暖かい壕の奥の方で休んだことを憶えている。「初めての人、迎えて上げなさい」という先輩の声で、壕口のポケット付近で人の指先らしい骨を初めて見た。私は興奮しながら数人の手助けを得て、小さな熊手と刷毛《はけ》を使い、最初の一柱を掘り出すことができた。都合三日間で数柱の遺骨を収容し、最終日には全期間中に収容した数十柱の遺骨を現地で火葬した。

当時は、焼骨場といって朝鮮戦争時の米軍施設跡でかなり広いコンクリートの広場が島の東部にあり、そこに銀ネムを切って来たり、枯れ枝を集めたりして、緑の葉で飾り、日の丸の旗を張って祭壇を設けて、期間中に収容した遺骨を並べ焼骨式を行うのだ。

焼骨式には、現地の海上自衛隊、航空自衛隊司令をはじめ各隊員数名、収容団、収容参加の元島民全員が参加して、厳粛に行われた。式が終わると、点火式、選ばれた数名によって祭壇に火が放たれ、遺骨が荼毘に付される。荼毘が済むと骨揚げ、拾い切れない骨と灰は全部掬い取って、島の西北にある釜岩から、全員で「波に乗って本土へ還って下さい」と海に流すのだ。

点火された直後に、雨が降って来た。冬とはいえ南国のこと、細かい雨は私の感覚ではまさに春雨。

英霊の灰となる刻春の雨　北雨

（その後、自らも硫黄島の遺族で、我々の収容活動を熱心に支援してくれた海上自衛隊員が、この駄句を墨書した、かなり大きな木製の句碑を焼骨場脇に建立していた。今は朽ち果てているだろう）

その間、自由時間を利用し、滑走路近くの大阪山が望める林の中に入り、父の戒名「誠忠院金相聖戦居士」と長兄が墨書した小さな卒塔婆を立て、父の知らない孫たちの映る家族写真、同じ地区の遺族五、六人から預かった酒、井戸水、タバコなどを飾って祭壇を設け、一人で弔いをした。姪が、写真でしか知らない父に書いた「おじいさんへ」と題した手紙を、声を出して読み進むうちに感情が高ぶり、読み終わると同時に声を上げて泣いた。誰もいない林の中で、辺り憚ることなく号泣したのである。出発時、友人の奥さんが「お父さんのところで精一杯泣いておいで」と送ってくれた。その時は笑って答えていたが、それが現実になったのだ。おそらく、わが人生での最大の涙であったろう。

そして、心に誓った。おそらく、父の遺骨は掘り当てられないだろう。しかし、父と

遺骨を荼毘にふす点火式

焼骨式での黙祷

一緒にこの島で戦った多くの戦友、故郷に残した家族を、桜咲く故国を思いつつ散った人たちの遺骨を一日も早く、一柱でも多く、内地へ迎えようと。

遺骨収集に毎年参加

その後七、八年間は毎年遺骨収集に参加した。多い時には年に三回ほど行った。ちょうど定年を迎えたので、それを機に毎年遺骨収集に参加し続けた。

私が収集に参加するようになった平成十年頃の宿舎は、最初は米軍訓練時用の将校宿舎だった。その後は下士官宿舎に変わった。収容事業がはじまった当初は、カマボコ兵舎だったとよく先輩から耳にした。食事は自衛隊の下士官食堂、昼食は収容現場へ弁当が運ばれ、濡れた作業着を周辺の枝に干し、上半身裸同然で、シートの上に車座になっての昼飯。これもまた楽しいものだった。御国訛りは出るし、団員の出身地の珍しい風習、旧島民から戦前の島の様子、時に生還兵から島での戦争体験談などである。今でも心に残っているのは、彼らは口を揃えて「我々がこの島で体験したあの戦争を、決して『侵略戦争』と言って欲しくない」という言葉である。

当時の収容団は、厚労省四、五名、遺族会・硫黄島協会各六名、ＪＹＭＡ（日本青年遺骨収集団）二名、輸送支援などで陸自五、六名、重機支援・沖縄の重機会社六名、のちに元島民の方が五、六名加わるようになった。その後、島民宿舎が完成の折には招待され、〝島寿司〟などをご馳走になった思い出がある。期間は三週間だった。

見つかった多くの不発弾

　作業現場への移動は、ほとんど陸自の大型トラックの荷台に揺られてだった。足の長い（？）私などは、その高い荷台への乗り降りが大変だった。作業のやり方は今とあまり変わらず、破壊された壕を重機で掘り起こし、壕口から流入した土砂を壕底まで浚《さら》いながら遺骨を探し、掘り進んで行くのだ。成果は絶大だった。一つの壕で遺骨数十柱、不発弾数百発、銃器数十と。収容した遺骨にはすぐに真水を供える。戦時中の兵隊が一番困ったのは水。火山島のこの島では真水がなく、

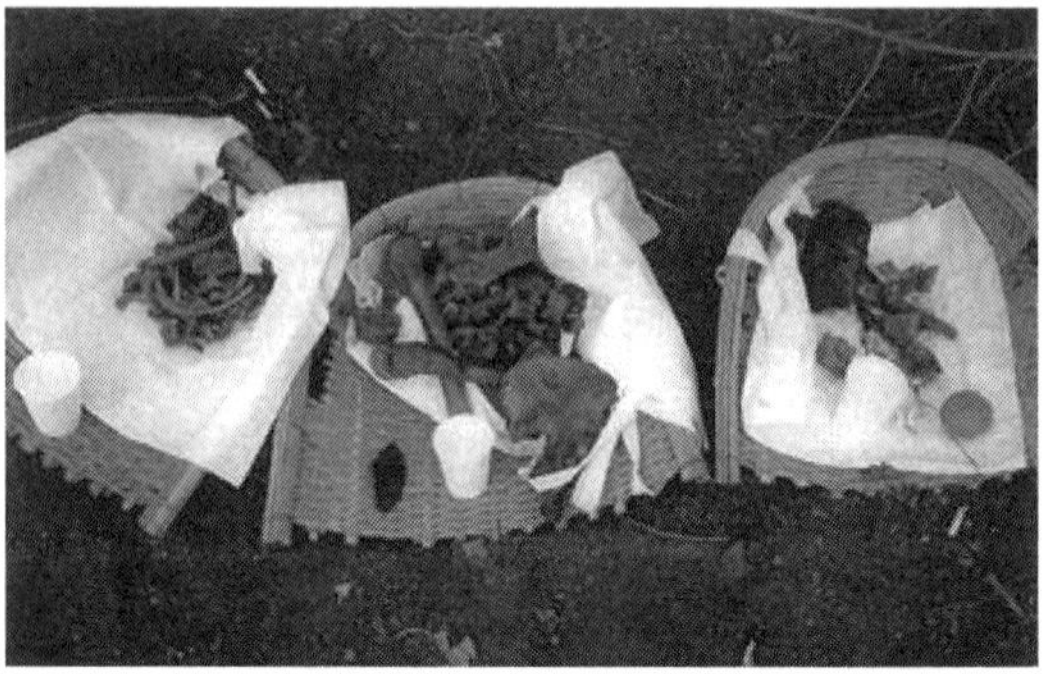

収容した遺骨に真水を供える

飲料水は雨水だけだった。毎日重労働が課された兵士に与えられた飲み水は、一日一合ほどだったとか。地熱で暖かい不発弾を「はい、焼きいも」などと言いながらリレーして、壕奥から選び出した。今では考えられない危険行為である。

　また、こんなこともあった。完全に塞がった壕口を開削したのだが奥が深く、ヘッドランプだけでは中の様子がわからない。空気の流れも読めない。経験豊かな班長が持参のローソクに火を点け、一番若い学生に「お前は身軽だ、これを前へ、こう掲げて這うように前進しろ。もし火が消えたら危険だから、すぐ出てこい。万が一のことがあっても犠牲者はお前一人で済むからな」と彼を先頭に、班長、陸自隊員の三名で探索に入った。やがて三人とも無事に出て来たので作業開始となったのである。ずいぶん乱暴な話である。

　作業を終えた宿舎での夜の生活は、結構自由だった。業務を終えた海自、空自の隊員が三々五々宿舎にやって来て、各人の部屋で語り合う。私の部屋もしばしば「ストウ・BAR」になった。また、沖縄の連中は宿舎前の外灯の下で酒盛りをする。彼らは酔えば歌い踊りだす。我々も仲間に入れてもらって、手振り足振り、時には三線《さんしん》を抱えた隊員がやって来てドンチャン騒ぎということもあった。

夜もだいぶ更けて島民宿舎から、「月下美人が咲き出したから見に来ないか」と誘いの連絡が入った。すぐに皆で車に分乗して出かけた。我々の宿舎周辺は空港や隊舎などで夜間も明るいのだが、島の北部へ回ると暗黒の世界、銀河が中天に流れ、星、星、星である。宇宙にはこんなに星があるのか、北アルプスの山小屋からも見ることができなかった銀世界だ。あまりの多さにかえって星座がわかりづらい。生まれて初めての星空であった。しばらく見上げていると、時にスーと人工衛星が流れる。

島民宿舎近くの海に面した谷の斜面を覆い尽くして月下美人が伸びていた。そして白い花が何百と咲いて香りを放っている。こんな光景は内地では決して見られないだろう。

また、休養日の午後、若い連中皆で釣竿を持って釜岩へ向かった。釜岩手前湾内の波打ち際で旧島民のY氏が寝そべって日光浴をしていた。彼の話だと、この湾だけは海底から噴気が湧いているのでサメが入ってくることはないから安心して泳げるとのこと、他の全島沿岸はサメの危険のため、遊泳禁止である。

我々は、岩場から外海へ竿を振る者、湾内で泳ぐ者と二手に分かれて、半日海を楽しんだ。ちょうど重機班の一人が水中メガネを持っていたので、交互にそれを借り潜って遊んだ。私も潜ってみたのだが、いつも潜っている日本海とは違い、水の色が少し黄ばんで見えるし、透明度も低い。そして驚いたことに、私のすぐ下には、魚、魚、魚。二十五、六センチほどのボラのような魚が、手の届きそうなところで層をなして泳いでいる。三メートルくらいの深さと思われる海底の砂地が全く見えない大群である。あんな魚群を見たのは、後にも先にもこの時だけである。

Y氏の言によれば、「今は陸続きになっているが、戦前、釜岩は、監獄岩同様離れ岩だった。岩と本島の間は定期船の航路になっていた。また、ここは、ムロアジの好漁場で大量に水揚げされ〝クサヤ〟の材料として八丈島の方に送られた」ということだった。私たちが見たのは、ムロアジの魚群だったのだ。

この日の釣果はゼロ、あんなに魚がたくさん泳いでいるのに一匹も釣れないとは、釣りの難しさでもあり、また、面白さでもあろう。

私が経験した一番大きな壕は、摺鉢山山麓での三階構造の壕だ。さすがに壕外に廃土できないので壕内で照明の下で調査し、壕底までの土を一方に積み上げる方式で行ったが、何も出なかった。

また、夏のある時。海上自衛隊の掃海艦が三隻やって来て、周辺海上で掃海訓練が行われたことがあった。壕内で収容作業をしていると、突然地震があり、天井から砂がパラパラと落ちてきた。落盤の恐れがないかと皆不安になった。すると、元小笠原村村長のN氏が「おい！　厚労省、防衛庁に電話して、すぐ訓練をやめさせろ！　俺たちを殺す気か！」と言った。彼は髭をたくわえ威勢が良い。若い職員がすぐに走って、海自司令室から防衛庁に電話し、「我々は、目下壕内で遺骨収容作業中、危険だから即刻訓練を中止するか、沖合に変更されたい」と交渉したが、返事は「我々は一年前から計画して実施している、海上訓練なので陸上に何ら影響はないはず、中止も変更もしない」との返事だった。ちょうどその時、海岸近くで作業中の重機班から骨らしきものが見つかったとの連絡があり、立会に派遣された。夏日に焼けた黒い砂に立っての監視である。地下足袋では立っておれず、私は足踏みしながら熱さに耐えていた。すると、同行の生還兵が「こうするのだよ」と銀ネムの枝を折りたたんで足裏に縛りつけてくれた。「私たちはこうして作業したものさ」と彼は「井戸を掘ってみたがしょっぱい水しか出なく失敗だった」とか色々この島でのかつての体験を話してくれた。

その日、何度か「ずしん」と、音ともいえないような腹に響く空気の振動を感じ海の方を見ると、掃海艦の間の海面が丸く白濁したかと思うと、たちまち十数メートルの水柱が立ち上がり、ヘリコプターがそれを掠めるように低空飛行したり、ホバーリングしたりしていた。それはまるで戦時中、兄たちが購読していた少年雑誌に載っていた戦争絵の「海戦」そのものだった。ただ違うのは、黒い軍艦がグレーの自衛艦に、白煙に包まれた艦砲や血まみれの水兵の姿はなく、巨大な水柱を掠め飛ぶ日の丸の飛行機が、ヘリコプターに変わっていることだけである。

収容活動も少し近代化され、厚労省職員がＧＰＳを持参したことがある。収容期間中に急遽調査班が編成された。私も少しの登山経験を買われ、調査班に編入された。調査班はジャングルに入り、また、海岸の草地に入って、五、六人が十メートル間隔で横一列に並びお互いに声を掛け合いながら、兎に角まっすぐに前進あるのみ、そして、遺骨のありそうな壕口らしきもの、トーチカなどを発見、正確に地図に落とし、次回の収容箇所にするのだ。これが結構大変だった。

崖あり谷あり、倒木・巨岩が行く手を阻む。綺麗な花と、わが家にも植えているランタナの群落、これが原種なのか花は綺麗なのだが棘が鋭く長いのだ。また、クリスマス頃によく見掛けるポインセチア、これも原種か葉は半分赤く背が高い、そのうえに鋭い棘をもっている。そんな中を右往左往探して、大腿骨と思われる遺骨らしき物のある壕口を見つけたり、三十×四十センチほどのドタン岩のブロックを積み上げた五、六メートルのほとんど無傷に近いトーチカを発見したりと、一日歩いてわずか数百メートル前進という調査活動だったりしたこともあった。

思い出すことは多々あるが、当時の収容団はほとんどが硫黄島戦死者の遺児であり、また旧島民あるいは生還兵と、この島に眠る英霊に深い思いを持った人たちばかりで、時にハメを外すことがあっても、本来の遺骨の収容という目的を忘れず、自らを律し、誰に言われることなく規律を守ったために事故もなく、収容作業は進んでいた。

ただ、情報は少なく、生還兵の記憶に頼るとか、現地自衛隊員の目撃情報などにより、壕、トーチカなどを見つけ、収容活動をするといった、必ずしも効率的な活動ではなかったように思う。

「遺骨収集」再開——父の死地・二段岩、そして二月二十八日

父の戦死状況がわかったのは、生還者から受け取った長姉サダ子宛の一枚の葉書からである。

私は、母亡き後の長姉長男宛に硫黄島から書き送った父の書状を、息子や甥、姪たちにも読ませようと現代語訳し、冊子にまとめようと編集作業中であった。そのさなか、実家の義姉が仏壇掃除中に見つけたと、姉が紛失してしまったと言っていた葉書を届けてくれた。仏縁と言えようか。差出人は安来市の奈良井章一。父と同じ部隊本部の奈良井軍曹である。

書状には、自分は百メートルほど離れたところでの軍務中で目撃していないのだが、「二月二十八日、御父上は二段岩大隊本部で、軽機壕構築指揮中、敵機銃弾を受け御最期をなされた」と聞いた旨が記されていた。その後、米国から返還された「独立歩兵第三一〇大隊・人事に関する書類綴」によって、同じ大隊本部で、父・周藤軍曹が秘密書類管理、作戦築城等担当、奈良井軍曹が経理を担当されていたことが判明。また、硫黄島戦史研究者により、当時の大隊本部は現在の空港エプロン脇に立つ「二段岩砲台群・

独歩三一〇大隊戦闘地域」の道標辺りと教えられ、同氏の情報は間違いないと確信している。

色々な事情があって、しばらく遺骨収集を中断していたのだが、再開したのは、最初に渡島した時以来情報交換していた、父の部隊の大隊長だった京極大尉のご子息懋《つとむ》氏からの誘いであった。以後、硫黄島協会員として派遣事業に参加するようになった。

平成二十年頃、米国公文書館から硫黄島に関する米海兵隊の資料が発見された。それによって、硫黄島における集団埋葬地を確認。政府は多数のボランティアを含む各地の遺族会などの収集団を派遣し、二十一、二年頃に数千柱の遺骨を収容したのだ。

再開後の収容参加は、平成二十六年だった。

それまで禁止されていたカメラの持ち込みが解禁された年だった。以前は一部のボランティア参加者による、良からぬ情報流出のため、一時カメラの持ち込みは禁じられていたようだ。もちろん今も、作業現場と自衛隊設備の撮影は禁止である。

作業方式はグリット方式に変わっていた。グリット方式とは、戦時中に米軍がイオウジマ攻撃に使用した方式をそのまま収容活動に用いるやり方である。

硫黄島周辺全体を図面上で一辺九百メートルの方眼紙様に分割し、番号を振る。それをグリットと称し、さらに一辺百八十メートルに二十五等分して、アルファベットをつける。つまり、グリット番号「251―A」とか「350―W」というようにである。

硫黄島戦では、島のある地点で発砲されると、それを察知した米軍指揮所からグリット◯◯◯―BとかCと、射撃命令が出される。そして島を包囲している全軍から一斉にその百八十メートル四方に砲撃、空爆が行われ、一瞬にして日本軍陣地は潰される。こうして、一月余りの抵抗の後、島は米軍の手中に。それをそのまま遺骨収集に取り入れたのだ。かの集団埋葬地もグリット番号で記載されていたようだ。

そして、厚労省の駐在事務所が置かれ、常駐職員が配置されていた。事業は従来の収容に加え、調査立会が行われるようになった。これは、空港地域および自衛隊庁舎地域の地上レーダー探査機での反応箇所を、順次重機で開削し、反応物の確認と、新たに伐開された未了壕の調査である。必要と認めれば、次期以降の収容作業箇所となるのだ。

平成二十六年の収容は、集団埋葬地の再調査だった。前回収容した残土の中から遺骨が発見され、再度探すことになったのだ。雨が降った翌朝、全員で地表を探すと、数個の骨片と肩甲骨が見つかり、掘り進めると、胸に手留弾が。陸自火薬処理班がそれを取り除き、掘り出した。手足の指先まで完全な遺骨だったが、首から上の遺骨はついに見つからなかった。二週間かけて膨大な盛土を浚ったのだが、都合三柱と残骨多数の成果だったと記憶している。

来る日も来る日も遺骨が収容できず、士気が下がりっぱなしだったが、帰還前日に遺骨発見の報に皆で出かけ、十数柱収容した。また、期間中まったく遺骨が出ず、「残存遺骨がないことを確認するのも我々の仕事ですから」とお互い慰めあって、収容零柱の時もあった。

平成三十年九月の調査立会では、庁舎E地区の掘削立会だったが、期間中に北海道地震が発生、翌日には硫黄島でも宿舎南岸数十メートル沖合で、海底爆発による十数メートルの水柱が訓練中の救難ヘリから確認され、宿舎から見ると、辺りの海面がはっきりと黄緑色に変色していた。また、日に数回、体に感ずる地震が起こり、この島でも火山活動が活発になったことを実感した。

空港への航空機の飛来はなく、自衛隊機はすべて北海道の支援が優先され、この島へは飛んでこない、したがって、米はあるからご飯は大丈夫だが、毎日内地から航空便で運ばれる生鮮野菜がやがて底をつく、そして、我々立会い団はいつ帰れるかわからない、今のところ帰りの飛行機がいつ飛んでくるか、まったく見通しが立たない、との情報がもたらされた。そのうえ、休養日には、庁舎地区外への行動は一切禁止され、島内巡拝もできず、一日自室で読書と昼寝ということもあった。

幸い、一日遅れで厚木基地から予定を変更し、小牧基地へ帰還することができた。

令和元年十二月の収容団も島最北部で、「251v―6壕」「250S―201壕」とか「234C―202壕」そして「235I―207壕」といった数か所の壕を浚ったが、折れた軍刀、万年筆、名前入りの将校用飯盒など旧軍の遺品の他には、数百発の不発弾、手留弾のみで、一かけらの遺骨も収容できなかった。

遺骨掘る島に冬日の暖かし錆びし軍刀誰が持ちゐしか　北雨

国内の戦場とはいえ、二万一千人の戦死者、現在その半数をわずかに超える遺骨が収容されたのみで、いまだ一万に近い遺骨が眠っている硫黄島。島のほとんどが調査収容され、残るのは中央部の飛行場と自衛隊施設地域。そこをどう調査、収容するのか。膨大な時間と費用がかかると思われる。それを今後どうするのか、難しい問題であろう。

第二部　応召後の便り

周藤金一

第一信

修一宛

早くヤル事

一、青年代金　市役所　納

一、青年、国民学校、出張所、組合へは言葉ノ礼に行く事

一、後ノ書類ノ整理ヲスルコト

一、礼葉書ヲ出スコト

一、田ノ整理

三島、川跡ト相談ノコト

一、坂田出征

餞別　五円

樽料　五円

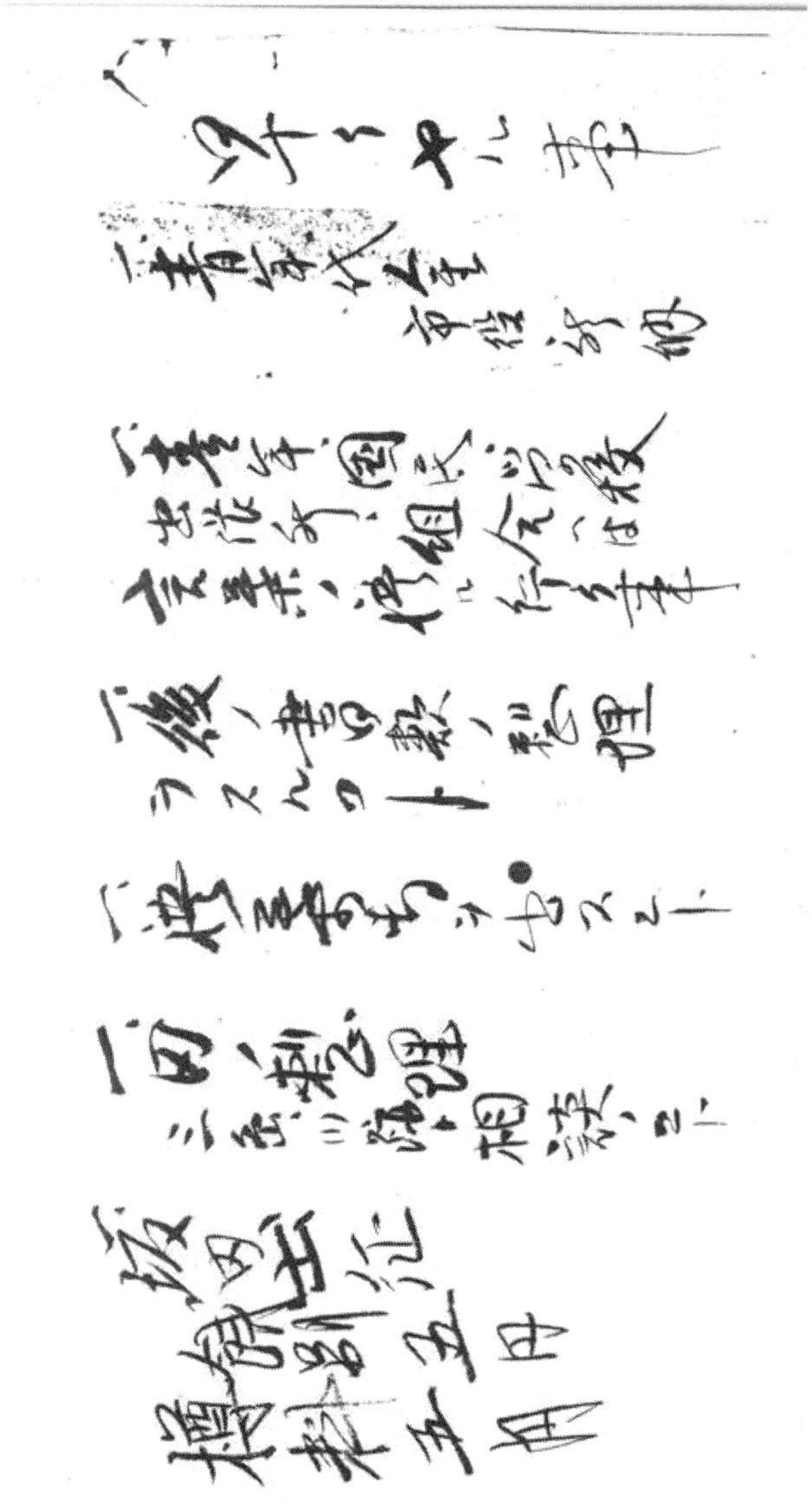

第二信

修一宛

元気にて　つるや旅館に一泊す
午前八時聯隊に入る
市の聯合会森山さんへの餞別を忘れたから送る
一同元気で御暮しの程を祈る

父より

修一どの
田村さん（大塚）の人に頼みました

【応召後の第一信か？　昭和十九年二月末日か三月一日】

元気ぶってつるやや新館に一泊す

子らが（後々帰り隠れ）へ

世の瞬之介会お松山方への餞別

を忘れたから至る

御元気で御真影――の程を祈る

よよう

同封の（お願）。人れ就けます

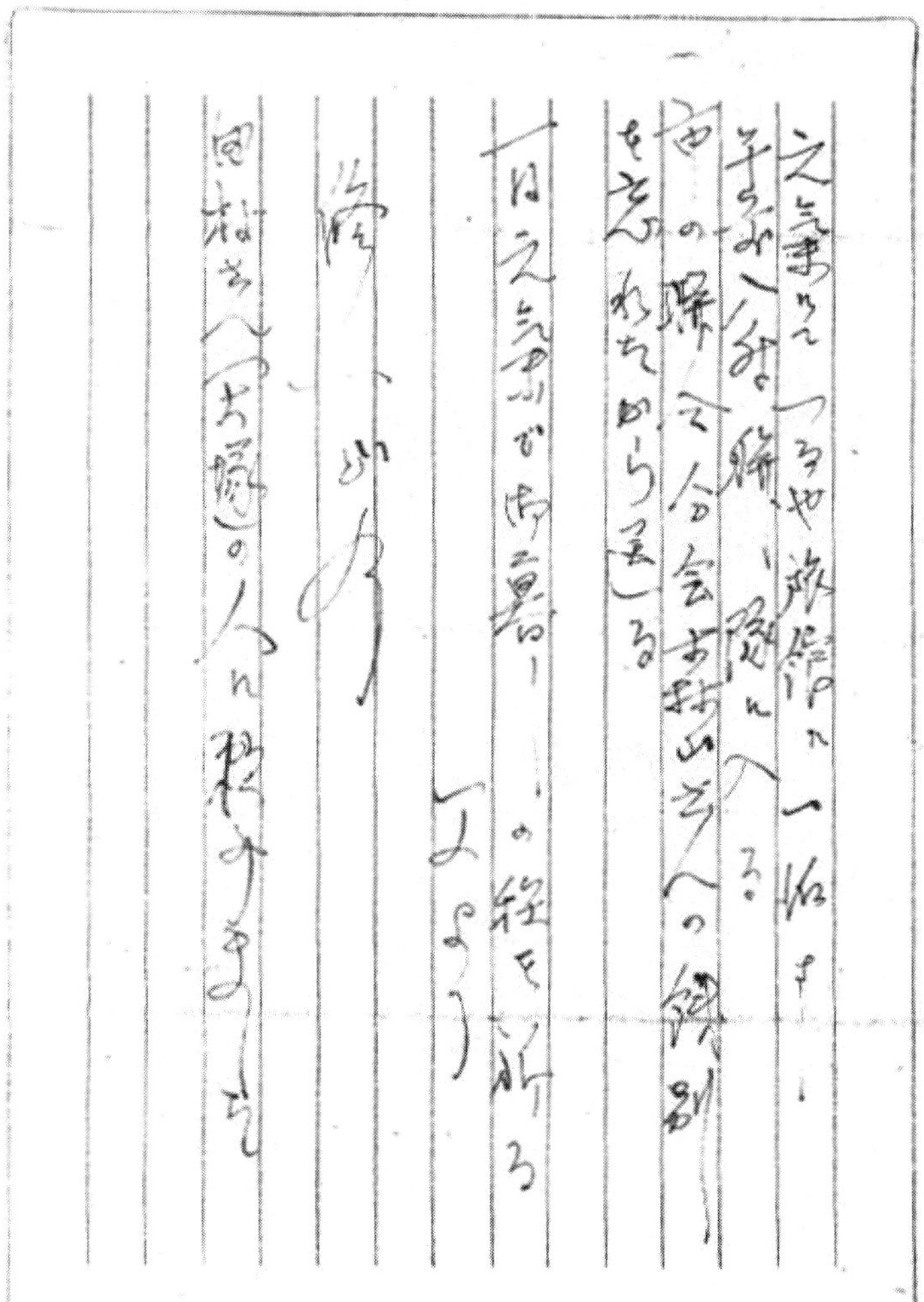

第三信

サダ子宛

元気との事安心致しました
父も元気で相変らずやって居ります
未だ出発せず本部でやって居ります
御休心被下《くださ》い
松之舎をやめたとの事、しっかり家を護って呉れ
勇吉は出発したが逢へなかった　遺憾に思って居る
次に我儘《わがまま》だが　次の品を送って呉れ
一、煙草ケース（巻煙草入レ金の平たいの）小ダンスにあった筈
一、石ケン（家にないと思ふ）買って
一、カツヲか鯣《するめ》などもあれば少々
右小包として至急御願ひ致します
早くしないとまに合はないと思ひます

呉々も母上様に無理をせなさらない様御伝へ被下い
地方も召集等で御忙しい事と思ひます
どうかしつかり元気でやって被下い
尚三島、川跡、坂田、松江に宜敷く頼んで被下い
では取敢ず御願致し度

早々
父より

サダ子どの

【浜田発……送品依頼は戦地へ出発（部隊移動）に当っての準備か？

三島＝龍雄氏、川跡＝金一の父滝次郎の実家・川島家、坂田＝姉キノの婚家・角家、松江＝妻繁子の実家・西代家、松之舎＝サダ子が看護婦をしていた病院（県立中央病院の前身）、父母なき家を護るため父の出征後すぐに退職】

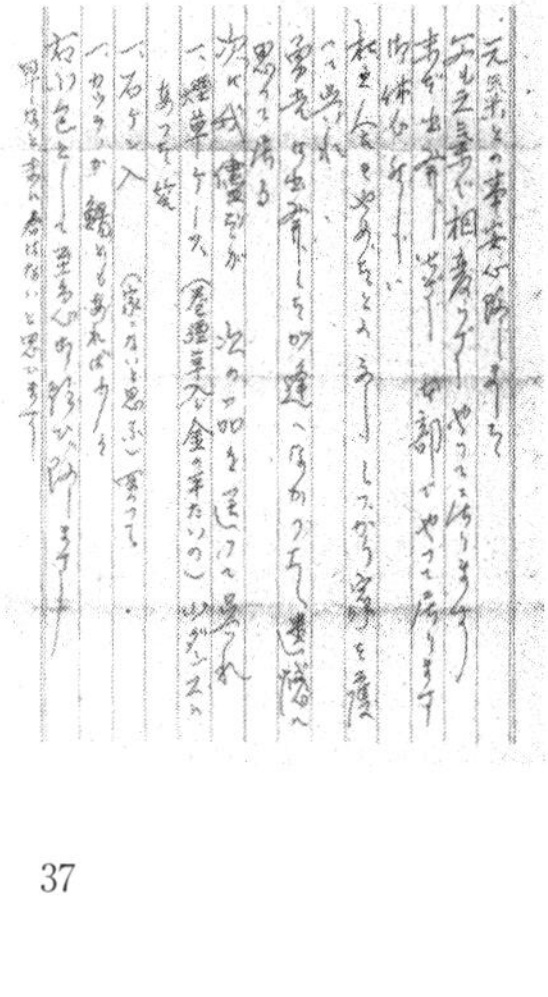

第四信

浜田西部三部隊より

サダ子宛

送りし品山根中尉殿より受領す

皆元気の由安心した　父も元気にてやって居るから安心の事

郵便局よりの金先日受領済

解らない事は三島、川跡に相談してやってもらひたい

近所の方々に宜しく伝へて被下い

祖母様に充分孝養の程呉々も頼む　兄弟仲良く暮すべし

父の事は心配無用の事

【二回目の召集で浜田部隊へ入隊、最初の葉書かと思われる。

昭和十九年三月二日消印、三月四日着か？】

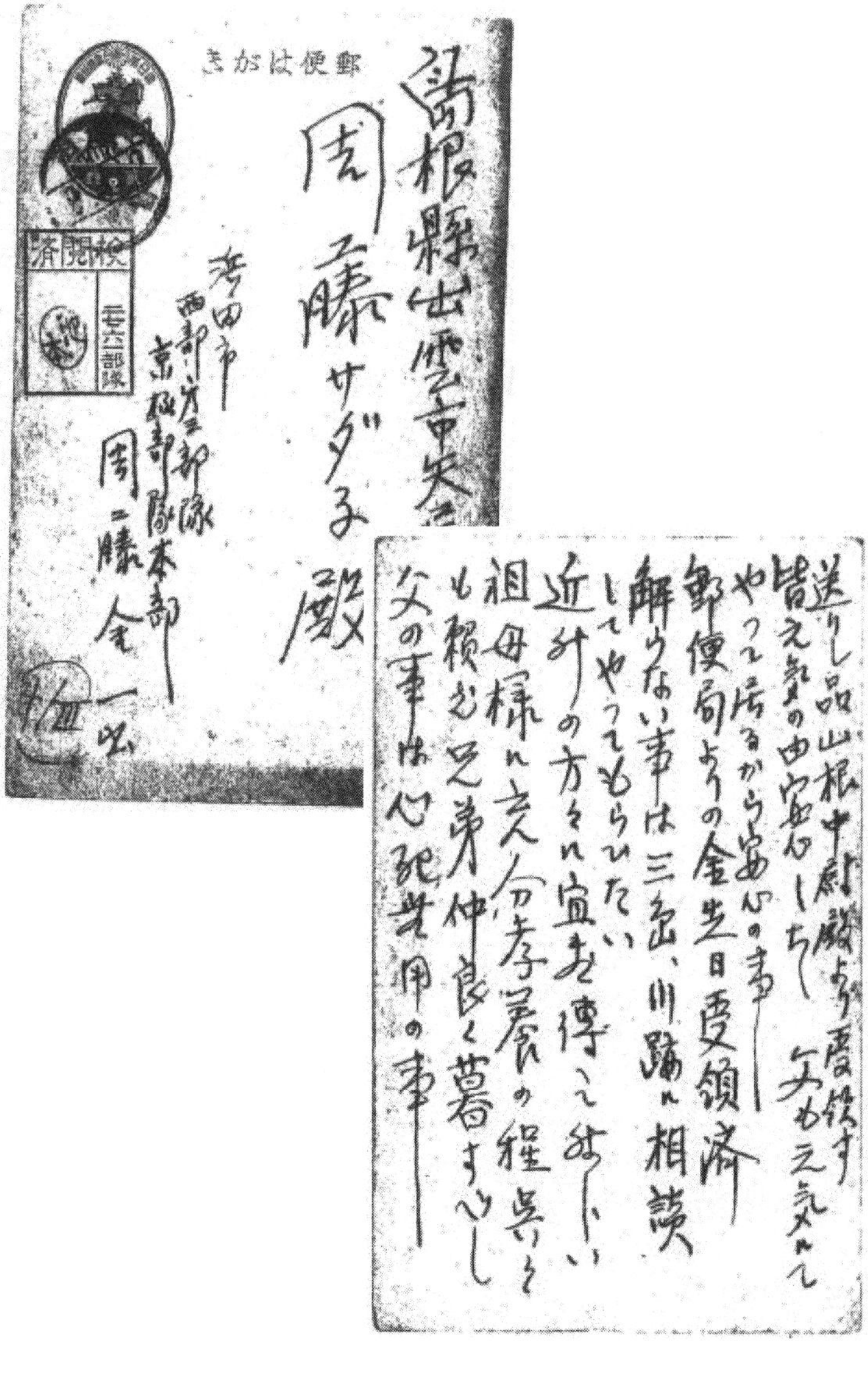

郵便はかき

島根縣出雲市矢…
周藤サダ子殿

検閲済
…部隊

浜田市
西部第…部隊
京極部隊本部
周藤金一

送りし品山根中尉殿より受領す
皆元気の由安心した　父も元気にて
やって居るから安心の事
郵便局よりの金も先日受領済
解らない事は三島、川崎に相談
してやってもらいたい
近所の方々に宜敷く伝えて欲しい
祖母様には孝養の程呉々
も頼む兄弟仲良く暮す可し
父の事は心配無用の事

第五信

修一宛

春らしい好天気続きとなりました
祖母様初め一同元気に勉励と思ひます
父も御蔭で元気でありますす御安心の事
出発に少しあるので心付いた事を御知らせします
一、酒の件は、三島に頼んで組合に話しよく〳〵頼んで置く事
一、本月末は所得申告だが博、孝子、征一は学校の方で甲種勤労所得として除してあるから之も三島に頼む事
一、父が出れば本俸二十二円七十銭宛四月より送金があるから祖母様の小使に上げて呉れ
一、近所へは宜敷く頼んで置いて呉れ
呉々も祖母様に孝養を充分に尽して
修一、博は充分に勉強をして呉れ

学校へも宜敷く伝へて被下い
では呉々も父の事は心配せず一同元気に暮して呉れ
祖母様に宜敷く御伝へ被下い

周藤金一

修一
サダ子　どの

【酒＝酒類販売権――後に組合（農協）へ貸与。
本棒＝給与――当時父は高浜国民学校（小学校）に勤務。
学校＝国民学校および前任校・青年学校（現二中にあった）】

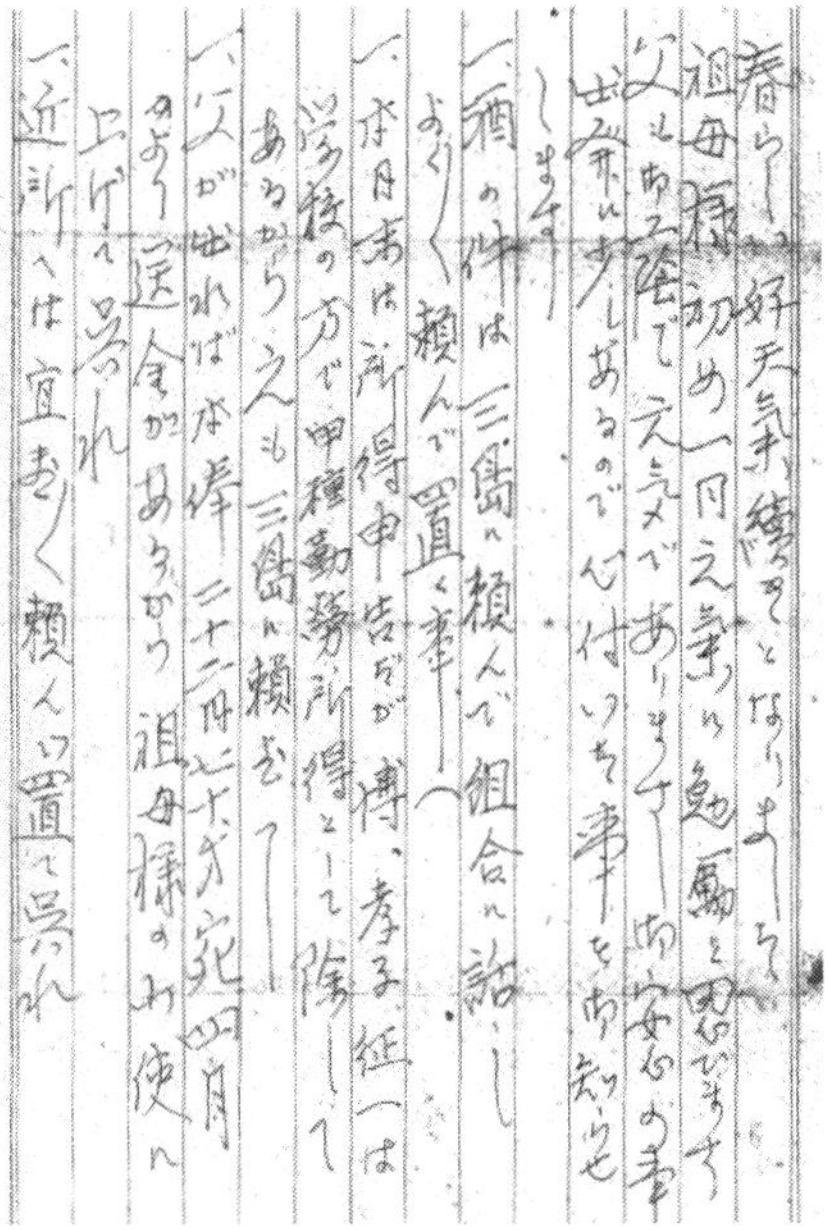
春らしい好天気続きとなりまして
祖母様初め一同元気に勉励と思ひます
父も御陰で元気でありますし御安心の事
出発は少しあるので心付いた事を御知らせ
します
一、酒の件は三島に頼んで組合に話し
よろしく頼んで置く事
一、本月分は所得申告だが博、孝子、延一は
学校の方で甲種勤務所得として除して
あるから之も三島に頼むこと
一、父が出れば本俸二十二円七十銭宛毎月
のより送金があるから祖母様のお使いに
上げて呉れ
一、近所へは宜しく頼んで置いて呉れ

第六信

サダ子宛

御便り受領し留守宅の奮斗振りに只々感謝す
母上愈々御元気との御事安心した　愈々兄弟友愛して家を護って呉れ
呉々も正直の頭に神宿る　心を冷静に、怒る事忽れ。
母上様にも良く〳〵御伝へして呉れ（孝子ハさみしがりはせないか征一は如何々）
皆々様（近所）に万々宜敷御願ひせよ
青年学校の金の件、全部終了しあり安心あれ
父は愈々元気にて入南、浜等入隊者とも逢ふた
勇吉に逢へなかったので遺憾に思って居る
では呉々も心配無く元気でやって呉れ
母上に宜敷く
返信不要　藤間先生とも倶ニ居ル

【昭和十九年三月八日発＝三月九日着】

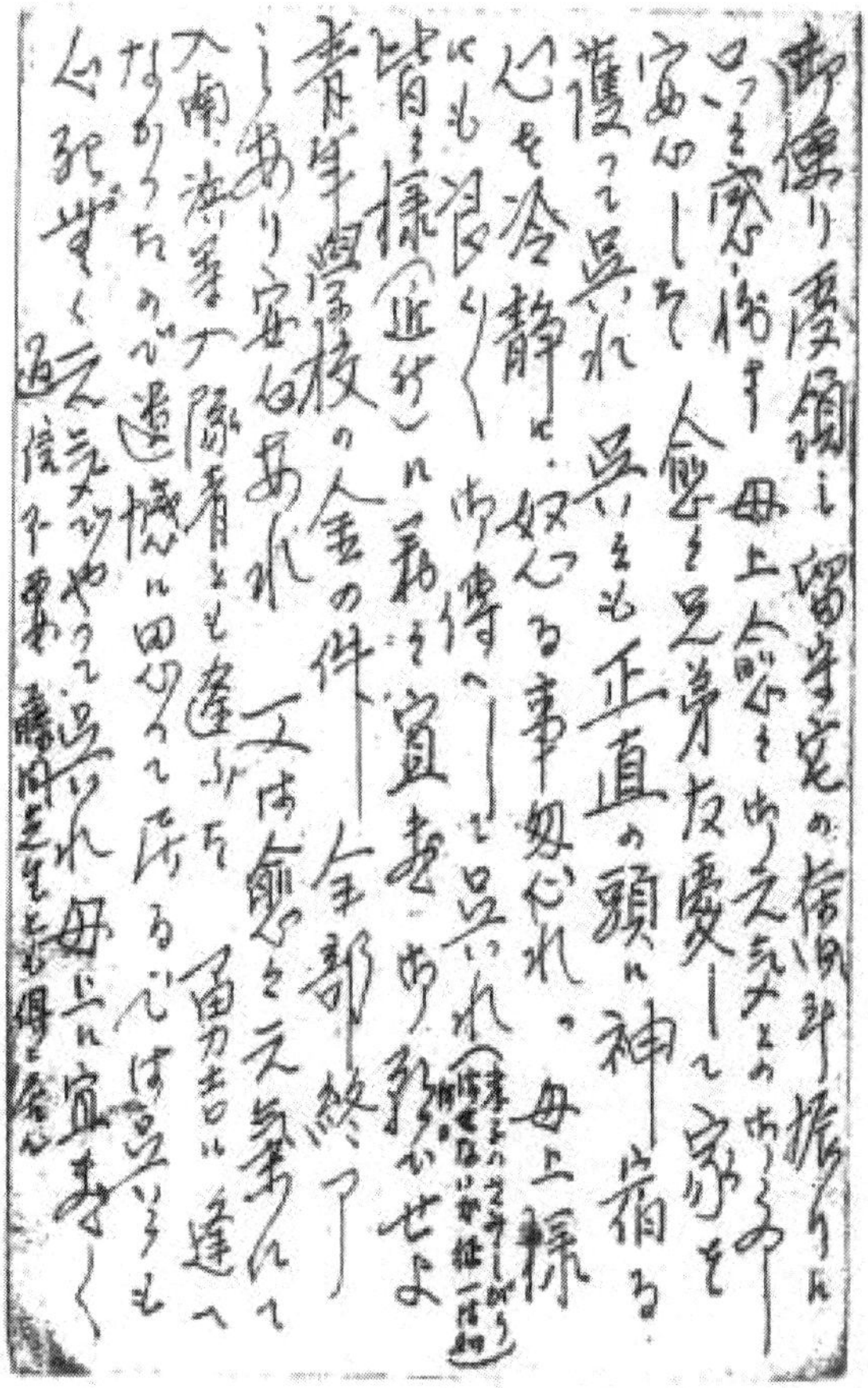
御便り受領し留守宅の[illegible]振りに
心から感謝します 母上も御元気との由[illegible]
安心しました 愈々身を大切にして家を
護つて下さい 兄さんも正直の頭に神宿る
心を冷静に 努める事を忘れない 母上様
にもよろしく 御伝へして下さい（[illegible]）
皆々様（近所）に宜しく宜しく御伝へ下さいよ
青年学校の会金の件 全部終了
しあり安心あれ 又は愈々元気で[illegible]
入南[illegible]大隊[illegible]とも逢ふた [illegible]に逢へ
なかつたので遺憾に思つて居るでは[illegible]も
心配せず元気でやつて下さい 母上に宜しく
返信不要 [illegible]

第七信

サダ子宛

愈々御元気の御事と存じます
春雨と共に寒くなって来ました　祖母様も御元気と存じます
父も益々元気旺盛なり　軍務に服して居る　御休心被下い
先日の発送を頼んだが送らんでよいから宜敷頼む
呉々も元気にて家を護って呉れ
近所の皆様親類へも宜敷
呉々も祖母様に宜敷伝へそして孝養を尽して呉れ
では一筆御便りを送る
　返信不要

【浜田出発の前日、昭和十九年三月十日発＝十二日着】

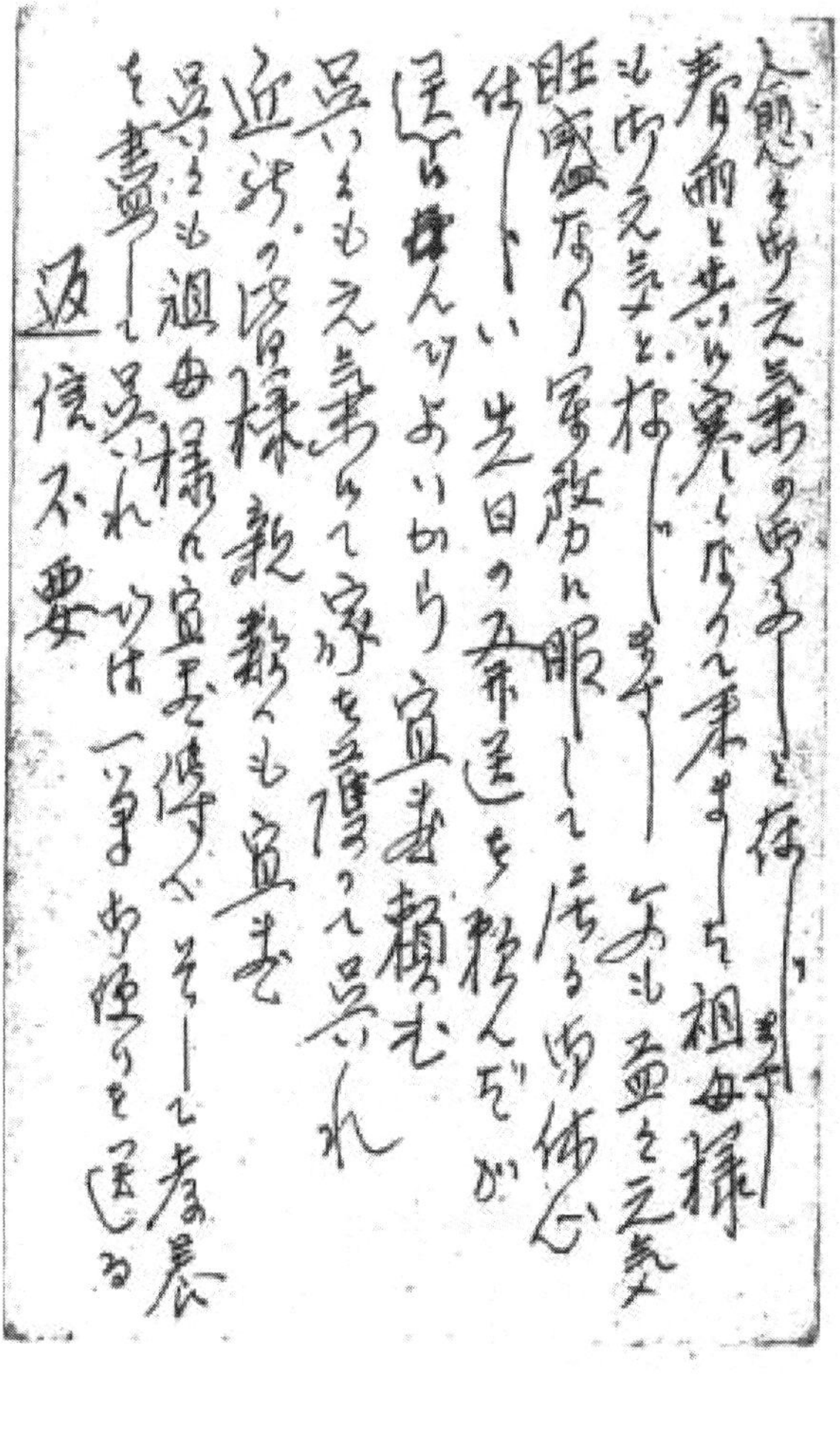
愈々御元気の事と存じます
春雨と共に段々寒くなつて来ました 祖母様
も御元気とは存じますが 私も益々元気
旺盛なり 軍務に励んで居る故 御休心
下さい 先日の五拾送を頼んだが
送るには及ばんでよいから 宜敷頼む
呉々も元気で家を護つて呉れ
近所の皆様 親戚へも宜敷
呉々も祖母様に宜敷傳へ下さい そして春に
を書いて呉れ 私は一筆御便りを送る
返信不要

第八信

サダ子宛

其の後愈々御健勝の御事と拝察仕ります
父も愈々元気旺盛なり御安心被下度《くだされたし》
尚貯蓄の件ニ付テ学校ニ今迄通り御願ひする様話してあるが
町内会の都合では学校吉岡先生に話して家にてしてもよいからどうか宜敷く頼む
では母上様に宜敷く御伝へ被下い
学校ですれば毎月の貯蓄高を証明して町内会に提出のこと
では呉々も元気で家を護って呉れ　返信不要

【昭和十九年三月十日発＝三月十二日着】

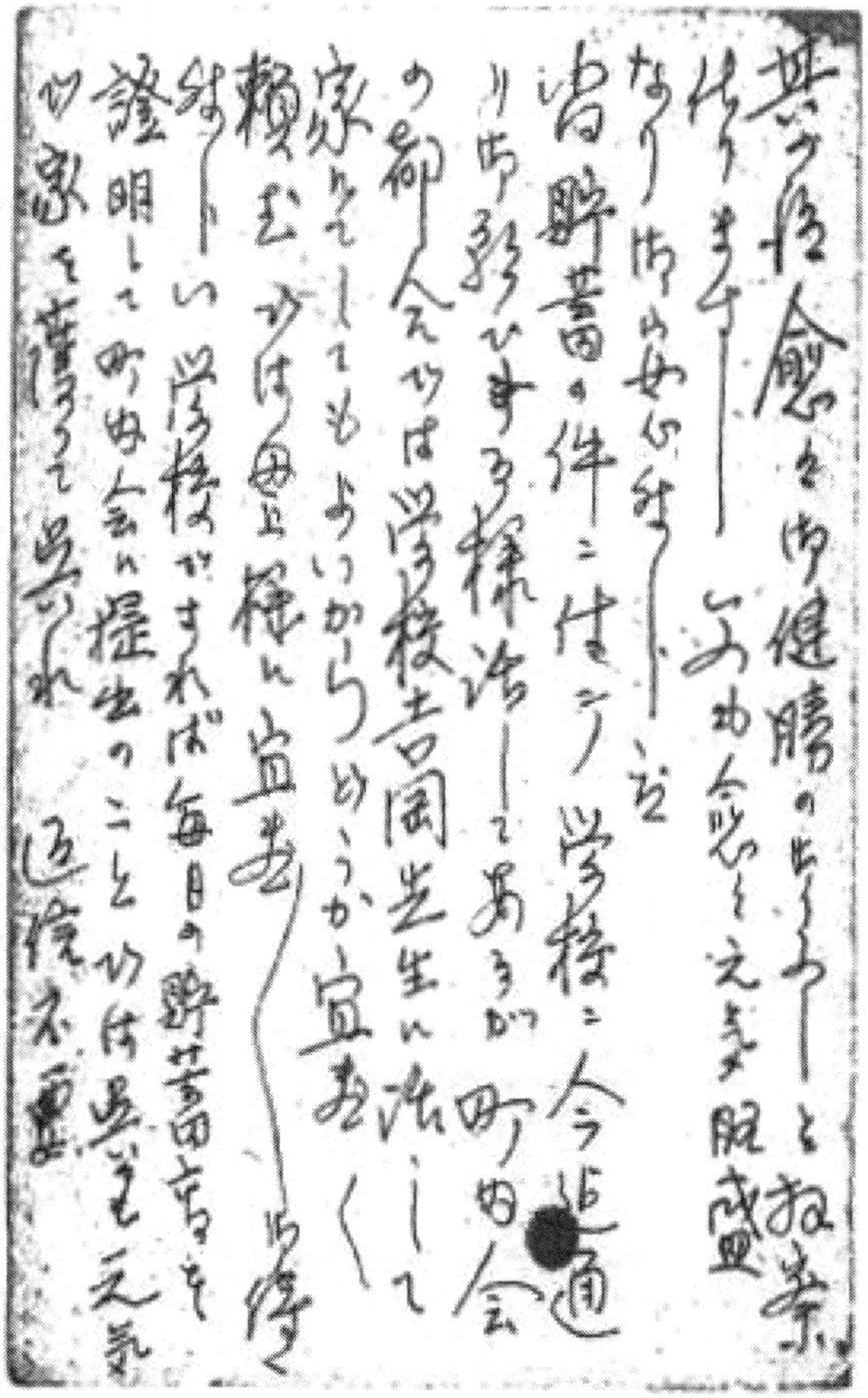
其の後愈々御健勝のよしと拝察
仕ります――小生も今迄と元気で頗る盛
なり御安心下さい――さて
貯蓄の件に付て学校に今迄通
り御預り致す様話して有るが、時々会
の都合で小生は学校吉岡先生に依頼して
家の方としてもよいから、めいめい宜敷く
頼む 小生は母上様に宜敷――御傳く
願ーい 学校ですれば毎日の貯蓄高を
證明して呉れ、今は提出のことは小生も元気
で家を護って呉れ 返信不盡

第九信

修一宛（差出人は小林雅四郎となっている）

其の後愈々元気との御便り又家の近況嬉しく読んで来た手紙二通共持って行く、何彼と解らない事があると思って
さて御教へ致そうと思ふけれども書けなくてすまない
父も塚原中尉（青年学校の先生）浜田市朝日町小林雅四郎方塚原正義様の御蔭で大隊本部付として行く
どうか塚原中尉殿に礼状を出して置いて呉れ
我々はある要塞守備に行くから心配をせない様に御願い致す
呉々も祖母様に孝養を尽して気を付けて呉れ
又無理が一番悪いから無理をせずに
でもしっかり元気でやって呉れ
世の中は出来る程しか出来ないのがほんとうだから決して無理をせず
兄弟仲良くしっかり勉強をして人に笑はれない様家を護って呉れ

時局は愈々決戦となる
修一も勉強と家と両方で苦しいとは思ふがしっかりやる事
三島、川跡、坂田、松江等に宜敷伝へて呉れ
そして教へて助けて戴く事
帰らざるとも兄弟でしっかりやる事
祖母様が心配をせられる事と思ふが宜敷く伝へて呉れ
近所へも又親類へも手紙を出さない　宜敷く御伝へ被下い
ではこれで失礼　呉々も身体を大切にする様
　出発の日　三月十一日　父より
修一
サダ子　　様

【この日、京極隊長夫人か塚原中尉夫人から部隊移動の連絡を受けサダ子、修一が急逮浜田へ行ったが逢えず（途中、久手駅ですれ違い）、浜田駅頭から引き返した。寒い夜だった。筆跡は父金一のものである。要塞守備＝第五七要塞歩兵隊編成――松江　匿秘名「備第

二七一六部隊」……移動先が硫黄島と知っていたか？】

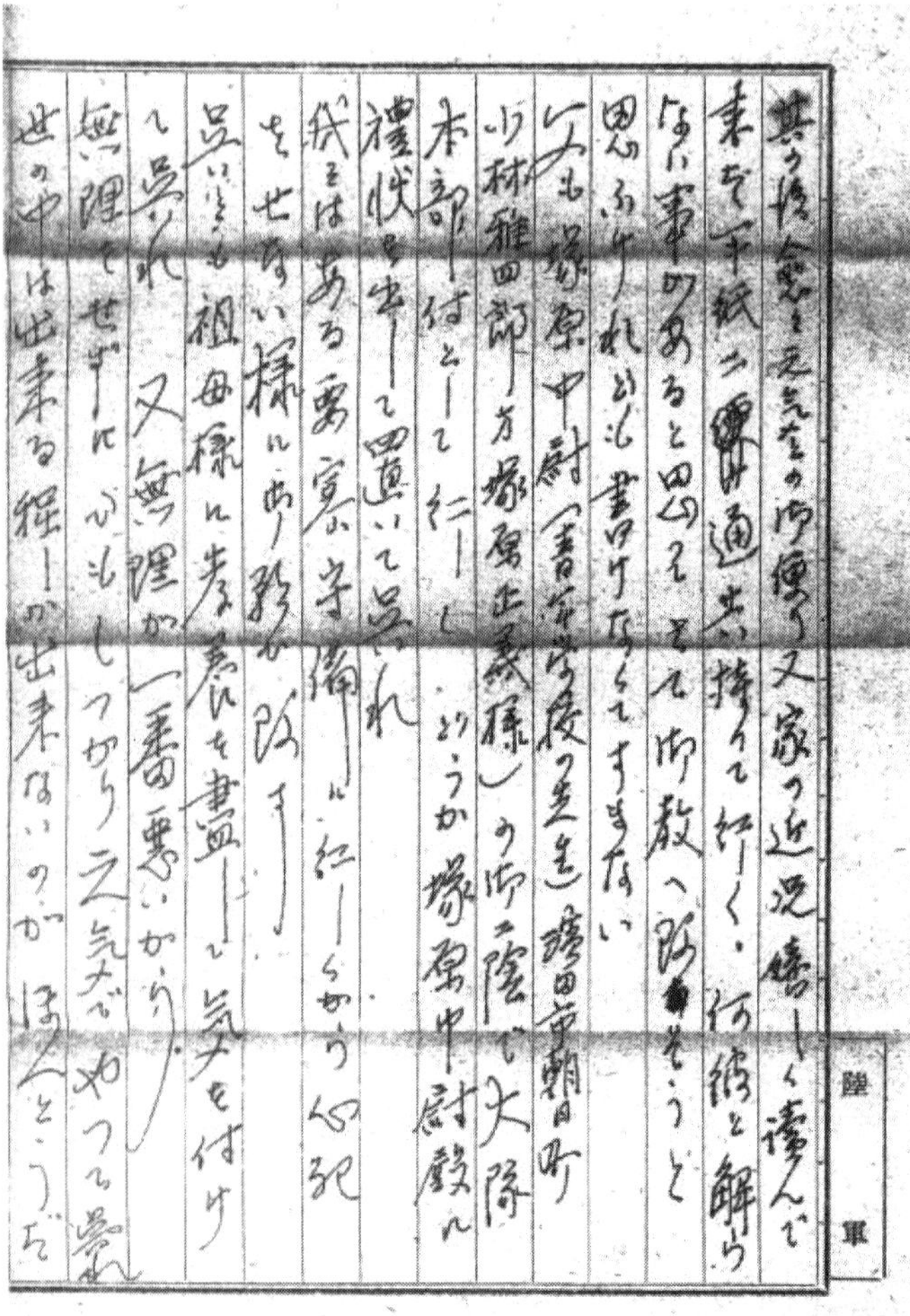

其の後皆々元気さの御便り又家の近況嬉しく讀んで
来たが手紙ニ[illegible]通共持って行く。何総と解ら
ない事があると思ふて御教へ[illegible]そうと
思ふけれども書けなくてすまない
小笠原中尉（青森学校の先生）藤田市朝日町
小林雅四郎方塚原正義様）の御陰で大隊
本部付として行く　どうか塚原中尉殿に
禮状を出して置いて呉れ
我々はある要塞守備に行くから心配
をせない様に御願致す
呉れぐれも祖母様に孝養を盡して気を付け
て呉れ　又無理が一番悪いから
無理をせずにぼちぼちしつかり気長でやって呉れ
世の中は出来る程しか出来ないのがほんとうだ
陸軍

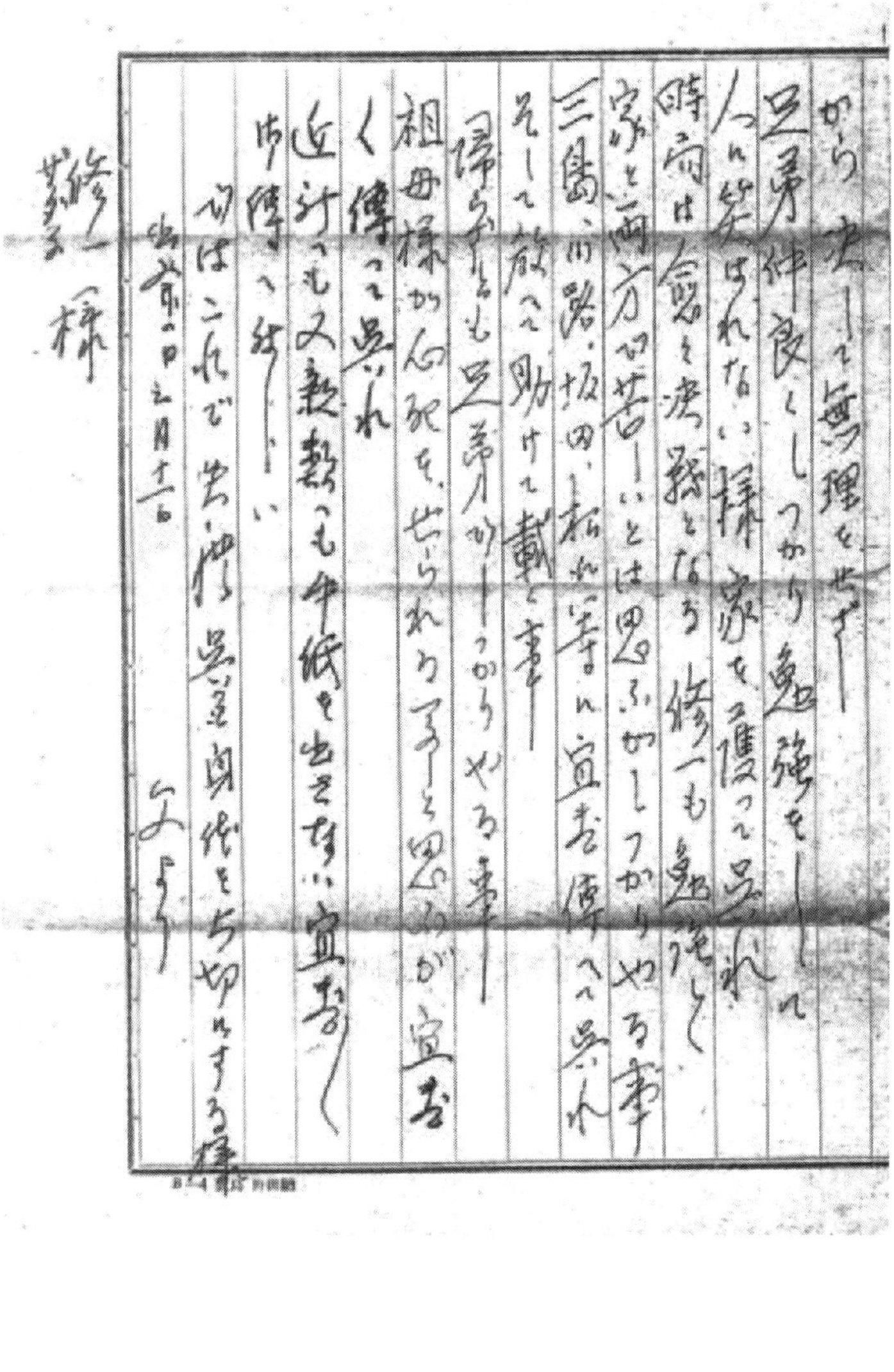
から来ーて無理をせずーして
兄弟仲良くしっかり勉強をして呉れ
人に笑はれない様家を護って呉れ
時前は命を捧げ務となる修一も勉強して
家と両方が苦しいとは思ふがしっかりやる事
三島、小路、坂田、松尾等に宜敷傳へて呉れ
そして教へて助けて戴く事
帰られても兄弟仲よくやる事
祖母様から心配を、せられない様思ふが宜敷
く傳って呉れ
近所にも又親類にも手紙を出さないが宜敷く
御傳へ下さい
ではこれで失禮　身体を大切にする様
父より
修一様

第三部　硫黄島からの手紙

周藤金一

第一信

サダ子宛

其の後御無沙汰致しました
祖母様初め御一同様愈々御元気で御暮しの御事と拝察仕ります
父も益々元気にて任地に到着し着々米英撃滅に邁進致し居るからどうか御休心被下い
征一も元気にて学校に行く事と想ひ居る
どうか充分気を付けてしっかり元気で留守を守って呉れ
近所の方々に万々宜敷く御伝へ置き被下い
祖母様に呉々も心配致されぬ様万々宜敷御伝へ置き被下い
では余は後便にて

【任地に到着から硫黄島入島早々か】

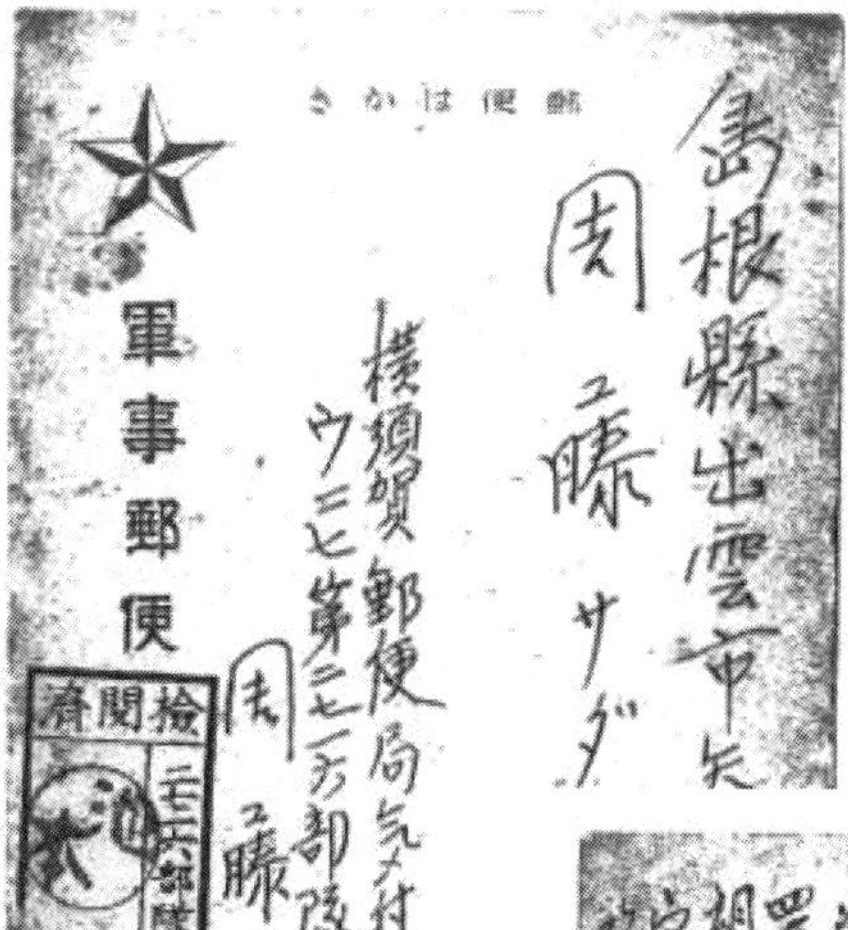
郵便はかき
島根縣出雲市矢
周藤サダ
軍事郵便
横須賀郵便局気付
ウ三七第三七一六部隊京極隊
周藤人一
検閲済

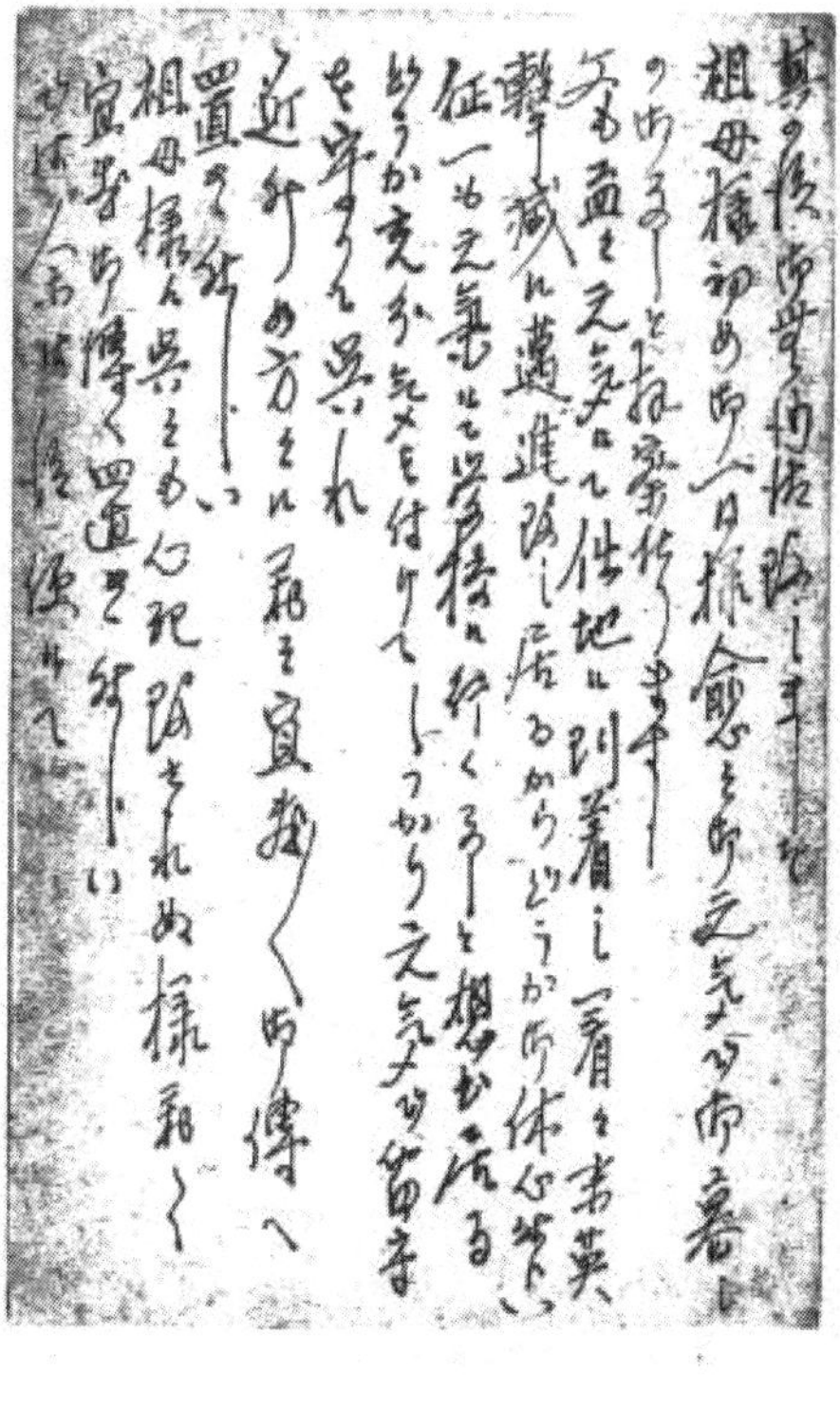
其の後御無沙汰致しました
祖母様初め御一同様愈々御元気で御暮し
撃滅に邁進致し居るからどうか御休心下さい
近所の方々へ宜敷く御伝へ
置いて下さい
祖母様も呉々も心配致されぬ様
宜敷く御伝へ置いて下さい

第二信

サダ子宛

其の後祖母様初め皆な元気で御暮しとの事安心致しました
追々忙しい候となり殊に馴れない農業に又町内会の用件等と忙しい日々を御送りの御事と推察致します
父も益々元気旺盛にて相変らず米英撃滅に邁進致し居るに付き呉々も御安心の事
祖母様にも呉々も宜敷く伝へて呉れ
御母さんの御墓へも報告の事頼む
山も手入をなし垣も綺麗に出来上ったとの事
気持ち良くなった事と思ひ有難く感謝して居る
時局愈々決勝の秋《とき》　家も益々多忙の事と察しますが
呉々も無理をせず一同元気で暮して呉れ
父も居る処又状況等知らせて上げたいけれど防諜上報知する事出来無いから其の事も母上に宜敷く伝へて置いて呉れ

水の不足な島に朝より海の飛行機爆音を頭上に聞きつつ軍務に服し居る
毎日国民学校の生徒の登校の様子を見つ、征一、孝子の通学姿を瞳に浮びつ、元気で
あの口の達者で勝気な征一は如何やと日々考つ、学校の子供を可愛がってやると愈々可
愛くなってくる　どうか元気で病む事も無く大丈夫になって呉れる様祈る
四月分より俸給を留守宅に送って戴く様御願ひしてある　受取った事と存ずる。
市立青年学校の状況も知らせて呉れ　給料等の様子も知せて呉れ
高浜国民学校は大異動とか今日常松先生に博を頼むと御願ひをして置いたが家からも進
学等に付て皆と相談の上頼んで置く事
田の方は如何になせるや三島、川跡、坂田等相談をして良き様取計って呉れ
状況を知らせて呉れる様御願ひ致す
修一の勤労作業は何時頃迄なりしや窪田より報知を受けた
次に修一初め皆の進学の成績を知らせて呉れ
又出来れば征一、皆な揃ったのなればなほ良いが写真を撮って送って呉れ御願い致す
父も写真を家に送る様頼んで置いたのだが未だ送って来ないのやら来たならば一枚送っ
てほしい

比処迄書いて居る処へ君よりの便りと加納誠さんより便りを戴き青年学校長古久保先生よりも戴いた
状況を知り一同元気に家を護る様子悦んで読んだ
写真も同封してあり
夜る写したのとしては上出来だったね
連絡も充分に無いので時日を要するが地方の状況報知を待つ
では呉々も元気に祖母様に充分孝養を尽し呉れ
近所の方々へも宜敷く御伝へ被下い　左様奈良

父より

サダ子どの

【水不足な島＝硫黄島で唯一飲める水は銀銘水……噴気が岩肌に触れ水滴となり下の窪みに溜まった、炭酸水のような水。

国民学校＝現在の滑走路中央付近にあった硫黄島唯一の元山《もとやま》国民学校、やがて島民（約一千名）全員避難で廃校。加納誠＝同町内加納家の長男・垣も綺麗に（四月十一日・来阪神社の祭礼前家の周辺整理）。

四月分俸給＝三月末、横須賀気付「ウニ備第二七一六部隊」……硫黄島からか？　七月一日着】

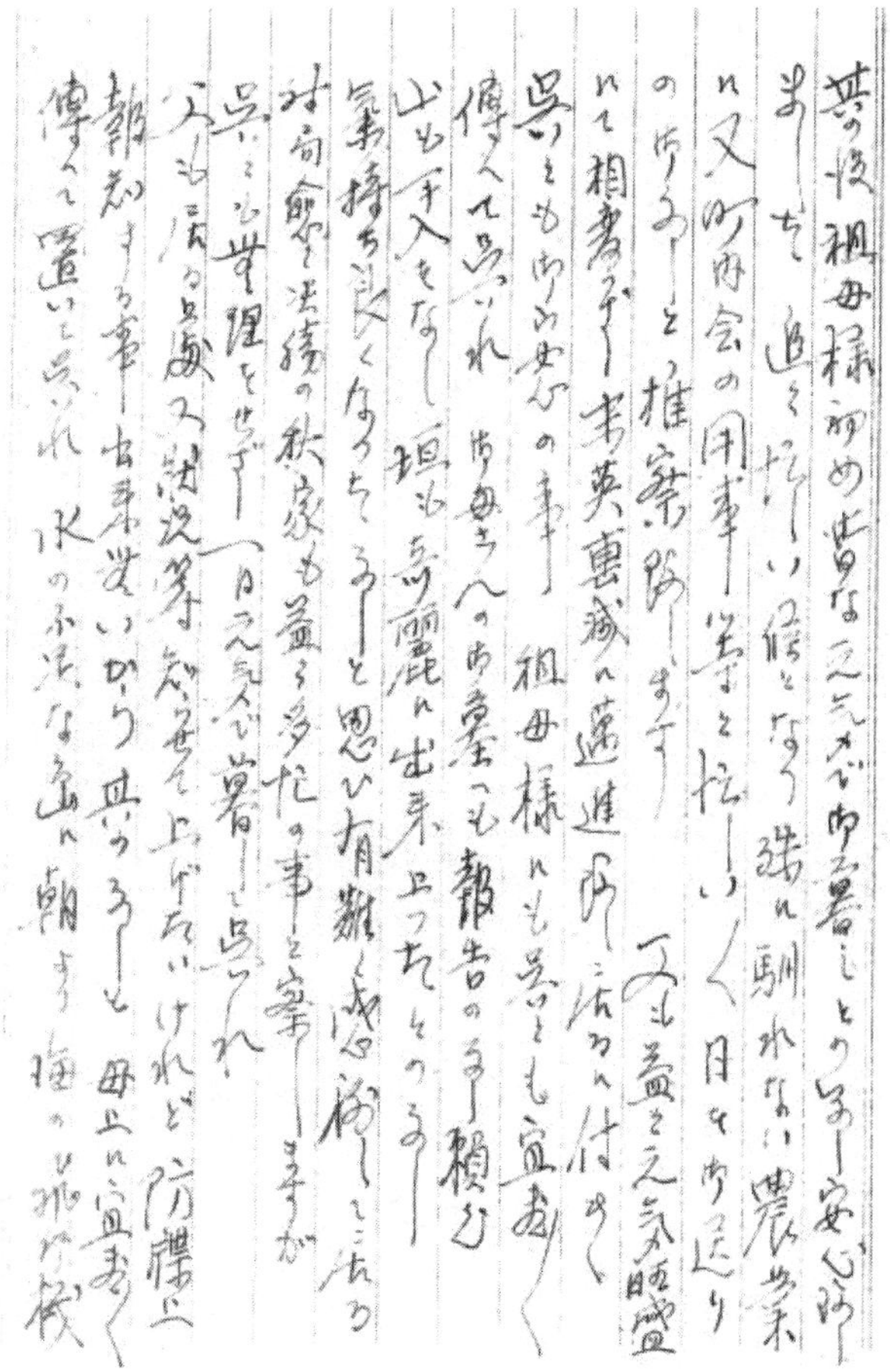
其の後祖母様初め皆な元気で御暮しとの事一安心致し
ました　追々と忙しい候となり　猶ほ馴れない農業
に又町内会の用事等々と忙しく日を御送り
の御事と推察致します　　又私も益々元気旺盛
にて相変らず米英撃滅へ邁進致し居りますから
呉々とも御安心の事　祖母様にも呉々も宜しく
傳へて呉れ　御母さんへの御見舞も報告の事　積り
御手入をなし垣も立派に出来上ったとの事
気持ち良くなった事と思ひ有難く感謝して居る
村内命令で法楼の秋家も益々多忙の事と察しますが
呉々も無理をせずに（自ら元気で暮し）て呉れ
又私も戦況等知らせて上げたいけれど　防諜上
報知する事が出来ないから其の事と　母上に宜しく
傳へて置いて呉れ　水の不便な島は朝より晩の[illegible]

第三信

修一宛

征一、孝子君

ゲンキデスカ。ガツコニハイツテマイニチトモダチトナカヨクユクコトトゾンジマス

ダイブンナレテキタデシヨウ

ゲンキデベンキヨウシテリツパナニホンノヘイタイサンニナツテクレ。

孝子はさみしくないかね、ねいさんや、おばあさんのい、つけを守つて、おぎようぎよく元気でやつて下さい。

父も益々元気で毎日飛行機の飛んで居る処で、米英をやつけるべく、ふんとうして居るから安心なさい。おばあさん初めみんなによろしく。博さんにけんくわしない様いつて下さい

【「毎日飛行機の飛んで居る処」は、硫黄島か？】

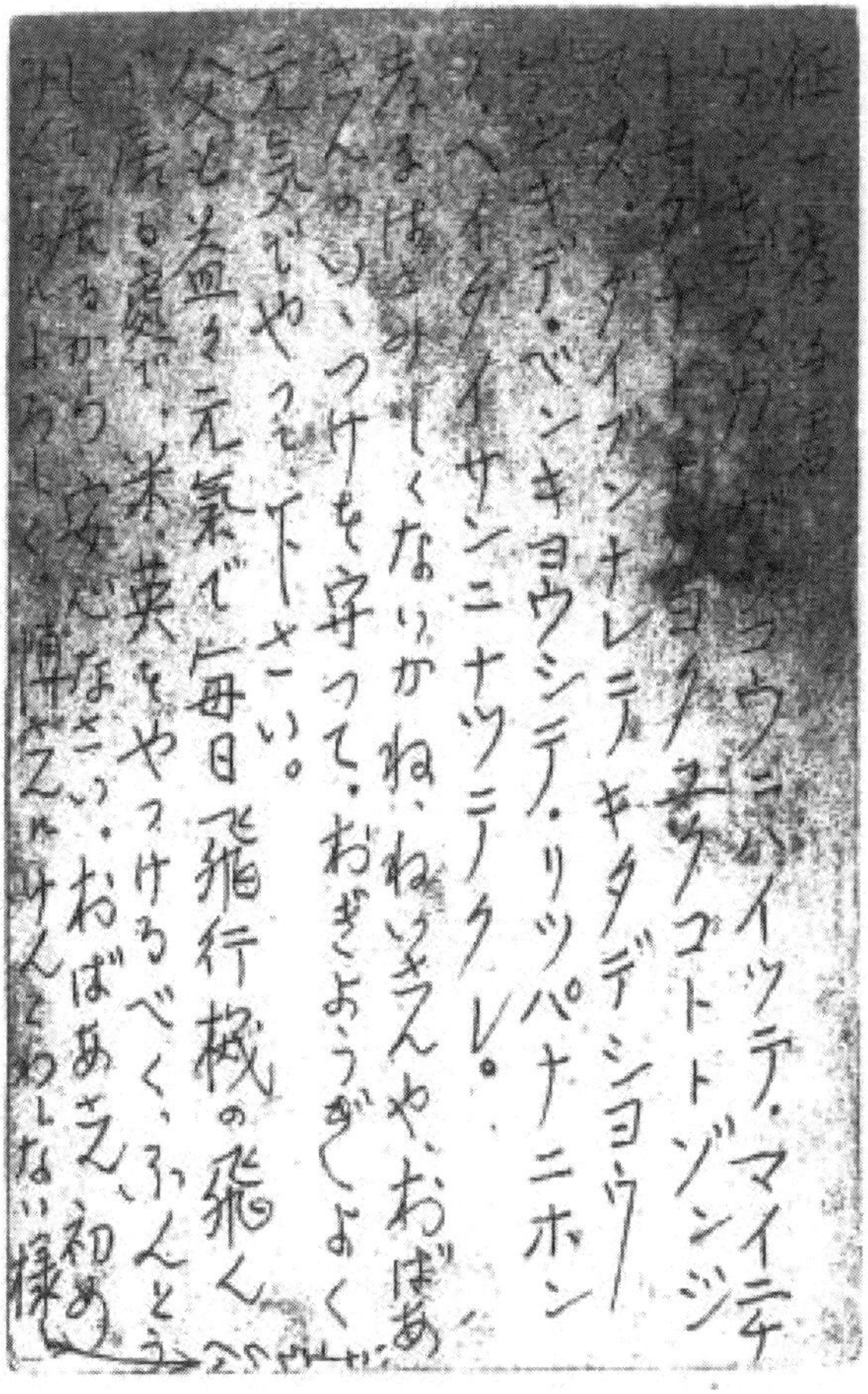
[illegible]ニハイッテ・マイニチ
[illegible]コトトンジ
[illegible]ダイブンナレテキタデショウ
[illegible]キテ・ベンキョウシテ・リッパナニホン
[illegible]イサンニナッテクレ・
[illegible]しくないかね、ねえさんや、おばあ
さんのいいつけを守って・おぎょうぎよく
元氣でやって下さい。
父も益々元氣で毎日飛行機の飛ん
で居る處で・米英をやっつけるべく、ふんとう
して居るから安心なさい・おばあさん、初め
みんなによろしく・博子さんとけんかしない様

第四信

サダ子宛

第一信受領しうれく読みました祖母様初め一同至極元気にて協同して家を守る様子に有難い事と神仏の御加護を感謝致しました

丁度窪田、高浜・石橋、青校三代、等同時に便りを戴き状況を承り安心致しました

父も其の後益々元気にて相変らず軍務に服し皇国の護りに任しつ、あり御安心被下い

所原玉市も元気、松江市よりも多さん隊に居られ元気でお互に励ましつ、毎日やって居ります

家の垣も全部出来た由綺麗になったでせう

御祭りには祖母様の祝を致し呉たとか有難く御礼申し上げます

何を云ふても解らない事のみ多くいつも心配をしつ、やって行く事苦労の多い事と推察します

母上の話しを聞きに行かれたとかあの様子よく当ったではないかと思ひつ、遥かに念じつ、拝して居ります

征一の通学の様子見る様です
修一も勤労奉仕に乙立に行ったとの事窪田より聞きました
皆なの成績如何でしたか
写真を家に送る様頼んで置いたが未だ入手せずや御
知らせ被下度
地方の様子、家の事ども細大通報を待って居る。
今父の居る処は防諜上通信出来ない、太平洋の内に
居る
祖母様初め皆に宜敷く御へ被下い

【窪田＝菊地秋良＝父の義弟。高浜・石橋＝高浜国民学校の石橋先生。青校三代＝青年学校の三代先生。共に元同僚。

御祭り（来阪神社）、征一の通学……四月。

「太平洋の内」は硫黄島か？】

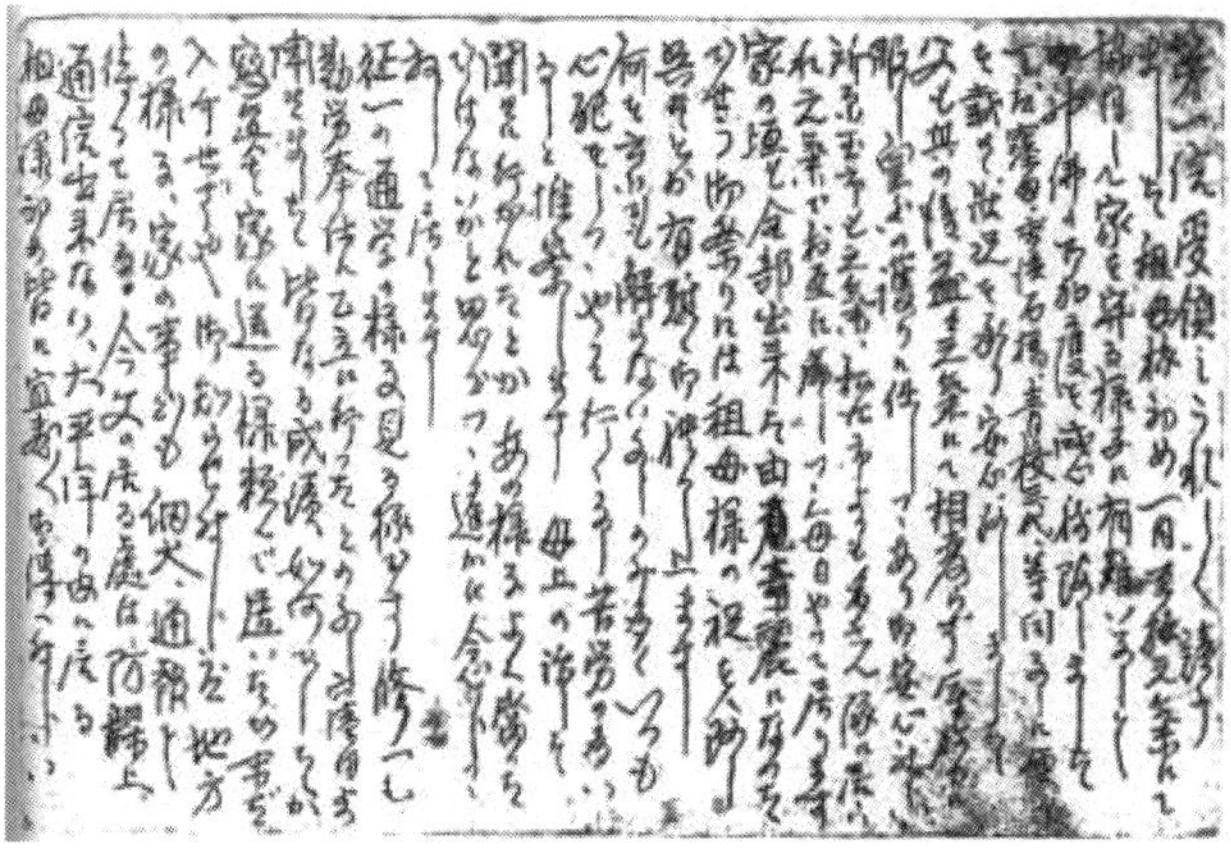

第五信

修一宛

第二信其の後父は愈々元気旺盛にして国土防衛の第一線に見敵必殺の意気高く軍務に精励致し居るから御安心の事
祖母様は如何や元気の事と察しては居るが気候の変り目故あの御病気になられはせぬかと案じて居る
今日は町度御祭りの当日故異郷の地より遥かに遥拝をして故郷の事を想ひ出す
復旧工事其の他の仕事にて何彼と忙しく家の廻りの片付ケも思ふにまかせぬ事と思ふ
だが何事も成行にまかせて決して無理をせぬ事
又学校も無理な勉強は致さず身体の鍛錬は充分になせ
姉上と良く計り兄弟仲良くすべし
セイ一君ガクコウニハイツテオメデトウ、ヨクセンセイノオシエヲマモリ、ベンキヨウナサイ。

【征一入学・祭り当日（四月十一日来阪神社祭礼）の字句から、昭和十九年四月十一日に書いたものと思われる。

祖母様の病気＝強度の顔面神経痛。

復旧工事＝十八年秋の台風水害のか】

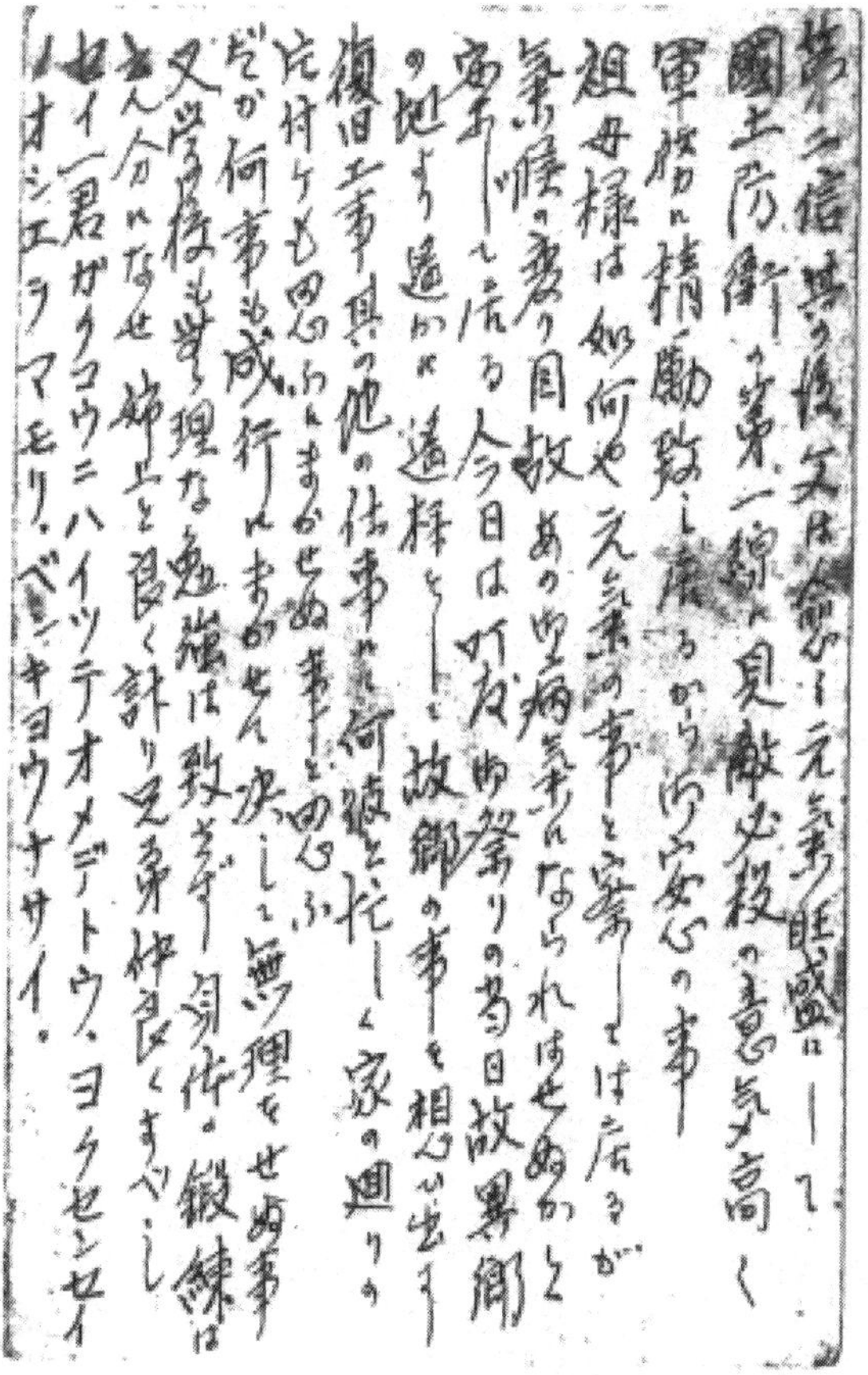
第三信 其の後父上は愈々元気旺盛にして
國土防衛の第一線に見敵必殺の意気高く
軍務に精励致し居るから御安心の事
祖母様は如何や元気な事と察しては居るが
気候の変り目故あの御病気がなられはせぬかと
案じても居る 今日は丁度御祭りの当日故異郷
の地より遥かに遥拝をして故郷の事を想ひ出す
復旧工事其の他の仕事で何彼と忙しく家の廻りの
片付けも思ふにまかせぬ事と思ふ
だが何事も成行にまかせん 決して無理をせぬ事
又学校も無理な勉強は致さずに身体の鍛錬は
充分になせ 姉上と良く計り兄弟仲良くすべし
セイ一君ガガッコウニハイッテオメデトウ。ヨクセンセイ
ノオシエヲマモリ、ベンキヨウナサイ。

第六信

孝子宛

孝子さん元気ですか
毎日学校に行かれる事と存じます
征一君も毎日元気で行く事と思って居ります
祖母さん姉さんの教をよくきいてしっかり勉強し兄弟仲良くけんくわをしないようやって呉れ
祖父さんお母さんのお墓をきれいに掃除をして上げて下さい
父も元気で毎日軍人さんでやって居ります御安心の事
征一ノ学生姿写真出来れば全部送って呉れ

【征一、国民学校入学直後なので昭和十九年四、五月頃か】

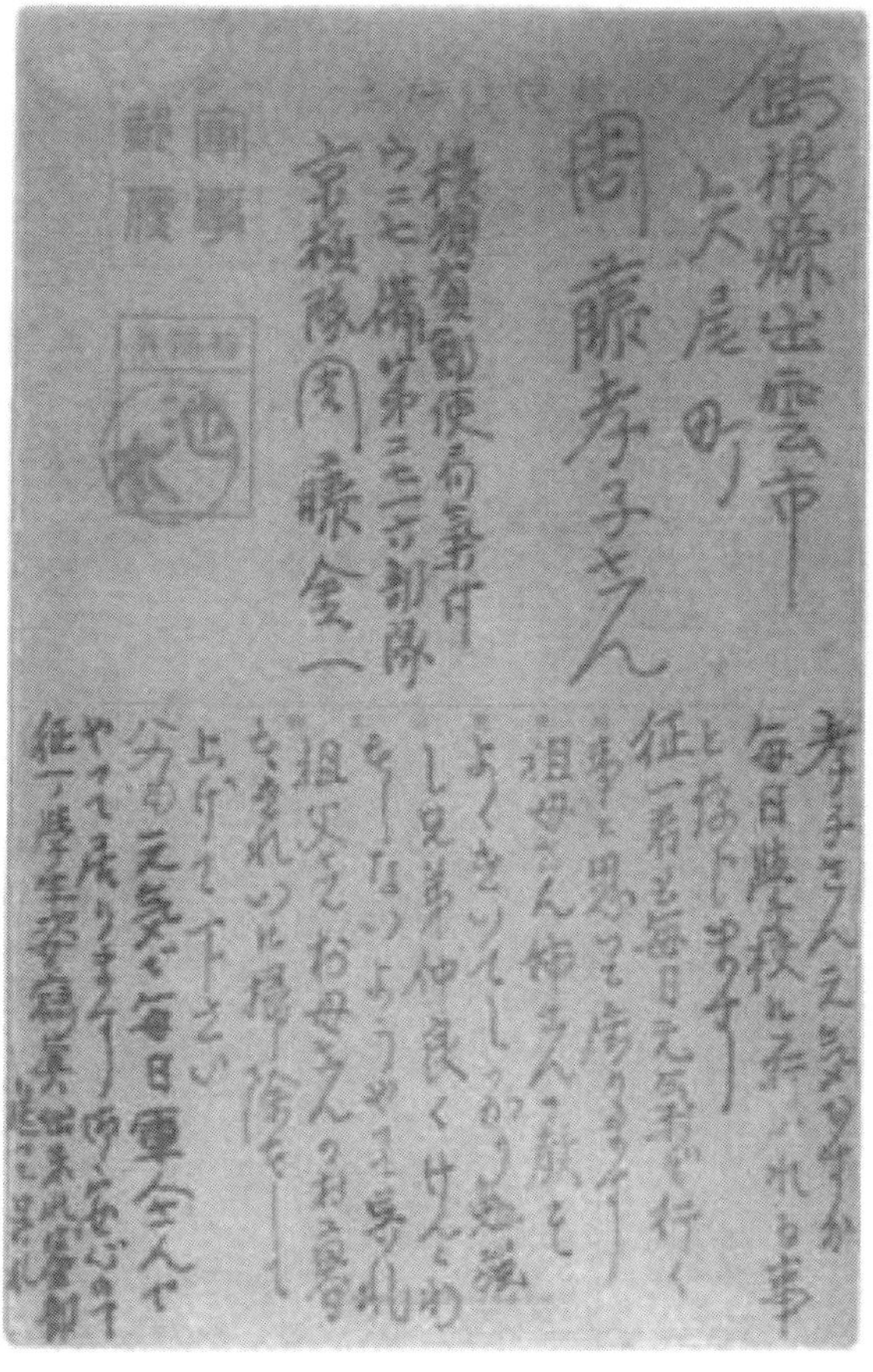
軍事郵便
検閲済

島根県出雲市
矢尾町
周藤孝子さん

横須賀郵便局気付
ウ三備第三三六部隊
京極隊　周藤金一

孝子さん元気ですか
毎日学校え行かれる事
と存じます
征一君も毎日元気で学校え行く
事と思って居ります
祖母さん姉さんの云ふ事を
よくきいてしっかり勉強
し兄弟仲良くけんかの
をしないようやって貰れ
祖父さんお母さんのお手伝
をよくして掃除をし
上げて下さい
父も元気で毎日軍務に励んで
やって居りますから安心して下さい

第七信

修一宛

拝啓時下新緑の候其の後久々御無音に打過ぎ
御母上様初め一同元気にて御暮しの事と拝察仕り候
降って父も御蔭を以って幸ひ至極元気にて軍務に服し居り所原玉市、江田新市、落合義
夫共々毎日顔を合せ共に励しつつやって居り御休心被下度
今日は丁度大社の祭典当日遥に大社を遥拝し神酒を戴き異郷にてお祭りを致し我々一同
武運の長久を祈りました
今家にては愈々多忙なる時期に向ひ何彼と解らない事のみ多く御心配の御事と察し申し
ます
未だ通信も受けず其の後の状況は如何やと案じ居り御通信相待つのみ何彼と通報願ひ申
し上げます
母上様へも万々御心配なき様篤と御伝へ願ひ申し上げます
呉々も御自愛を祈り近所の方々にも万々宜敷く御伝へ申し上下さい　早々

【江田新市、落合義夫＝高浜出身の戦友。大社祭典当日……出雲大社の大祭礼は五月十四、十五、十六の三日間。昭和十九年五月十四日硫黄島発か？】

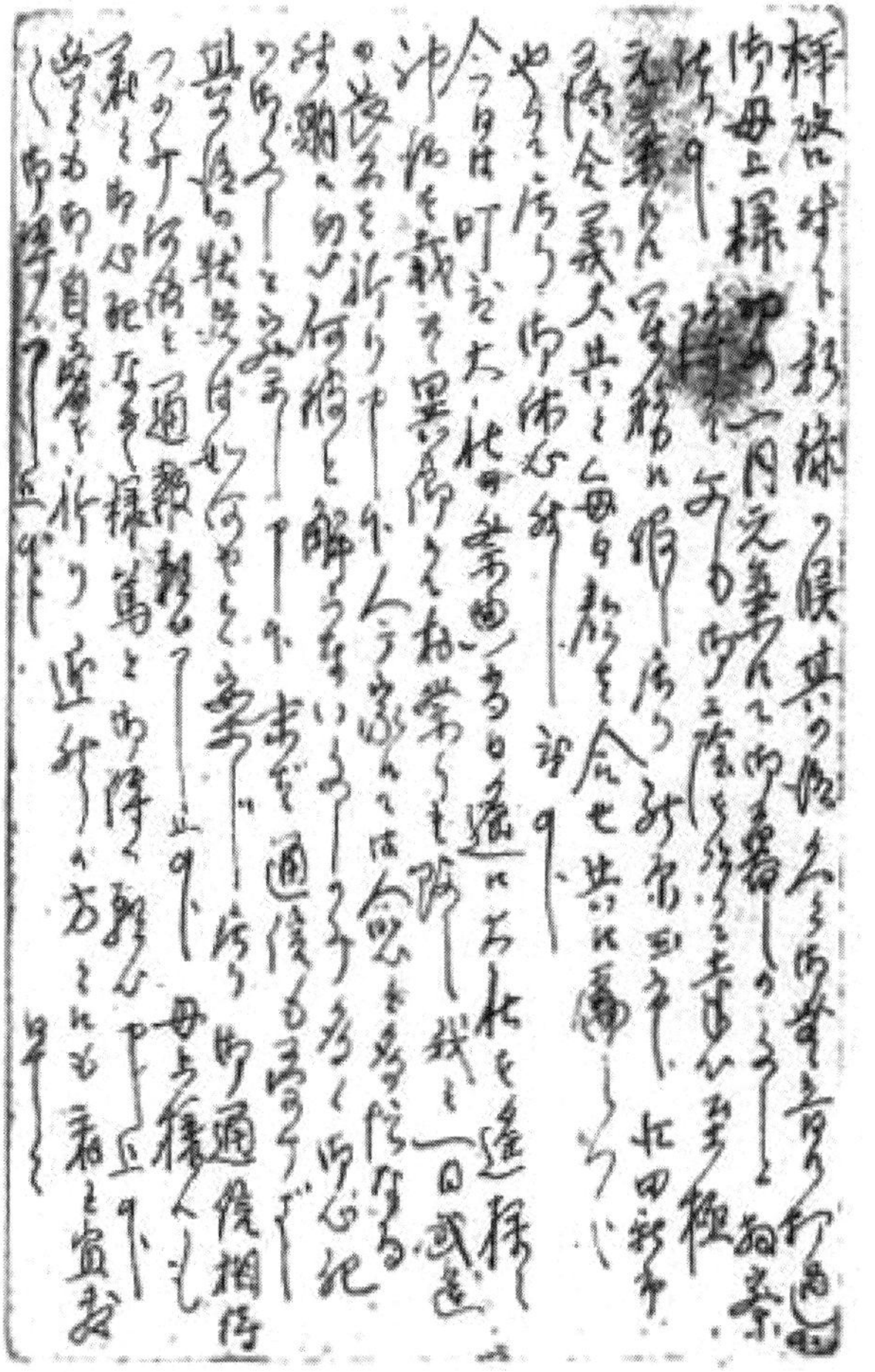

第八信

サダ子宛　三葉

第二信其の後一同元気にて御暮しの事と思ふ
母上様にも時節柄御変り之無くやと案じ居る
征一、孝子共に学校へ良く行くや。博、修一は成績如何。修一も父出発以来何彼と家の
事町内会等々苦労多く心配致す事と思ひ居るが最後の一年充分奮斗して呉れる様
又君も何彼と絶えざる労苦多からん
今迄の時局と異なり決勝の年奮起して呉れ
父は其の後益々元気にて第一線の任務遂行に服して居るから決して心配無き様、母上初
め子供一同に良く話して置いて呉れ
未だ防諜上我々の行動及び風物等一切知らせる自由を得ない
いづれ御知らせする時があらうと思ふ
でも気候良き地決して〱心配は無用の事
次に愈々農繁期に向ふ折と思ふ馴れない事故決して無理をしない事と又祖母様の意にそ

むかない様呉々も注意を致し呉れ
次に田の方の作る人は決定致せしや里方西前も出来しや案じ居る
又八石は如何になされしや報知を待つ
博も愈々最後の学年となり上級学校の事もある
成るなれば中等学校に入れられよ
でも親類の人、三島等と良く相談し本人の意思・学校の先生の意見も聞いて善処して呉れ。
皆の意見に決して父は反対をしないから良く〳〵話して決定して呉れ。
復旧工事は如何に地方の様子及勇吉の入隊せる隊名等出来れば知らし呉れよ
何も彼も全部整理もせず出発したので皆さぞ困った事と思ふが充分三島と話してやって呉れ
母上の写真父の写真帖にある分を送って呉れ
父の写した写真送る様頼んで置しが入手せしや
「博君、君も愈々最後の学年に進んだね成績はどう案じて居る男子はしっかりしなくてはいけないうんと勉強して諸先生の教及祖母、兄、姉上の教を守り立派な日本人世界を

導く青年となってもらひたい。そして孝子、征一を可愛がってやって呉れ。学校の様子も知らして呉れ
「修一君青年学校の先生の異動知らして呉れ」
では長くなった今日は之にて
呉々も無理をせず一同元気に祖母様に孝養の程祈る　前線の夜　不一
【修一、中等学校四年＝現在の高校一年。博、国民学校（小学校）六年。
里方・西前・八石＝耕作田の所在地名】

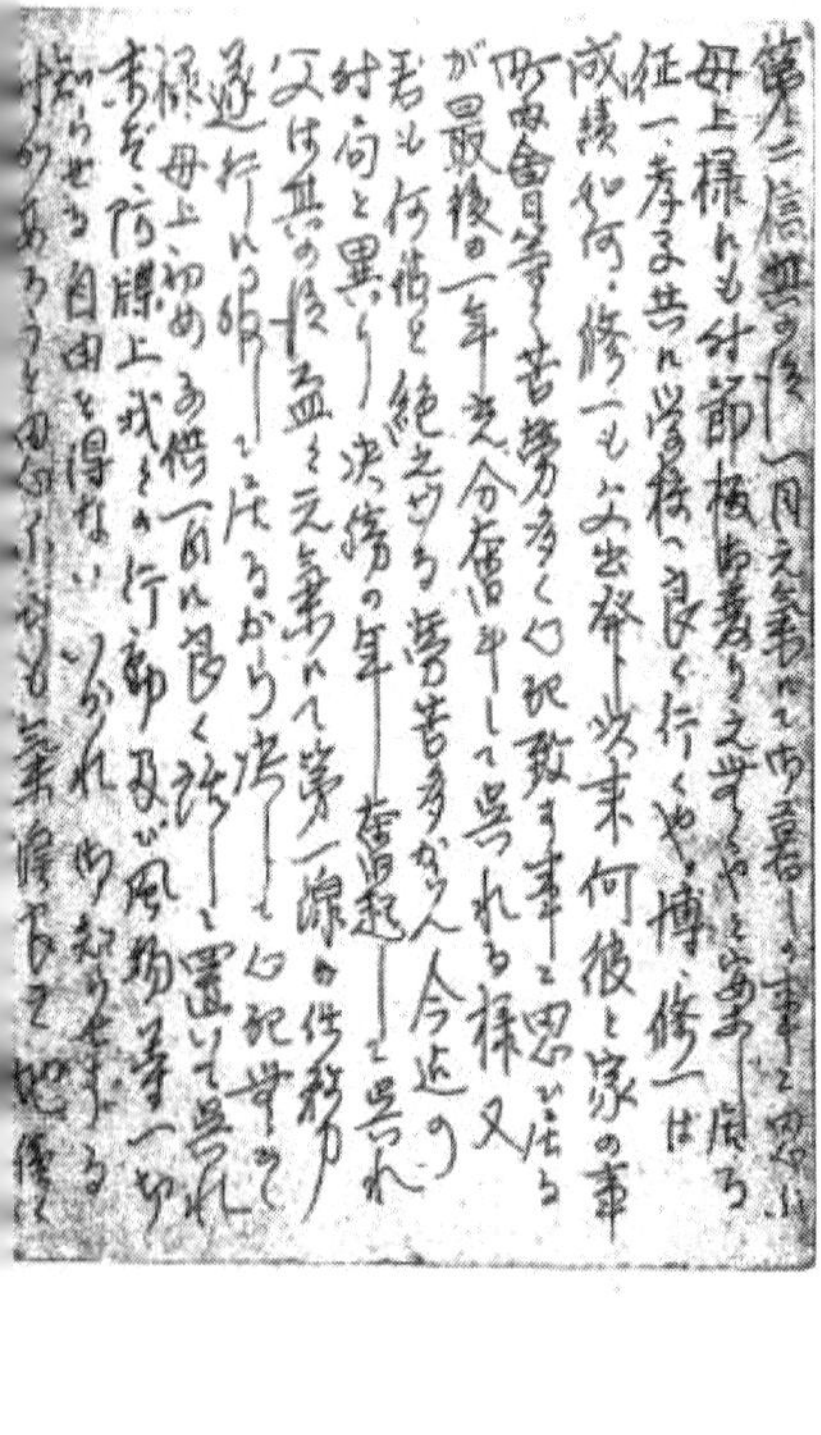

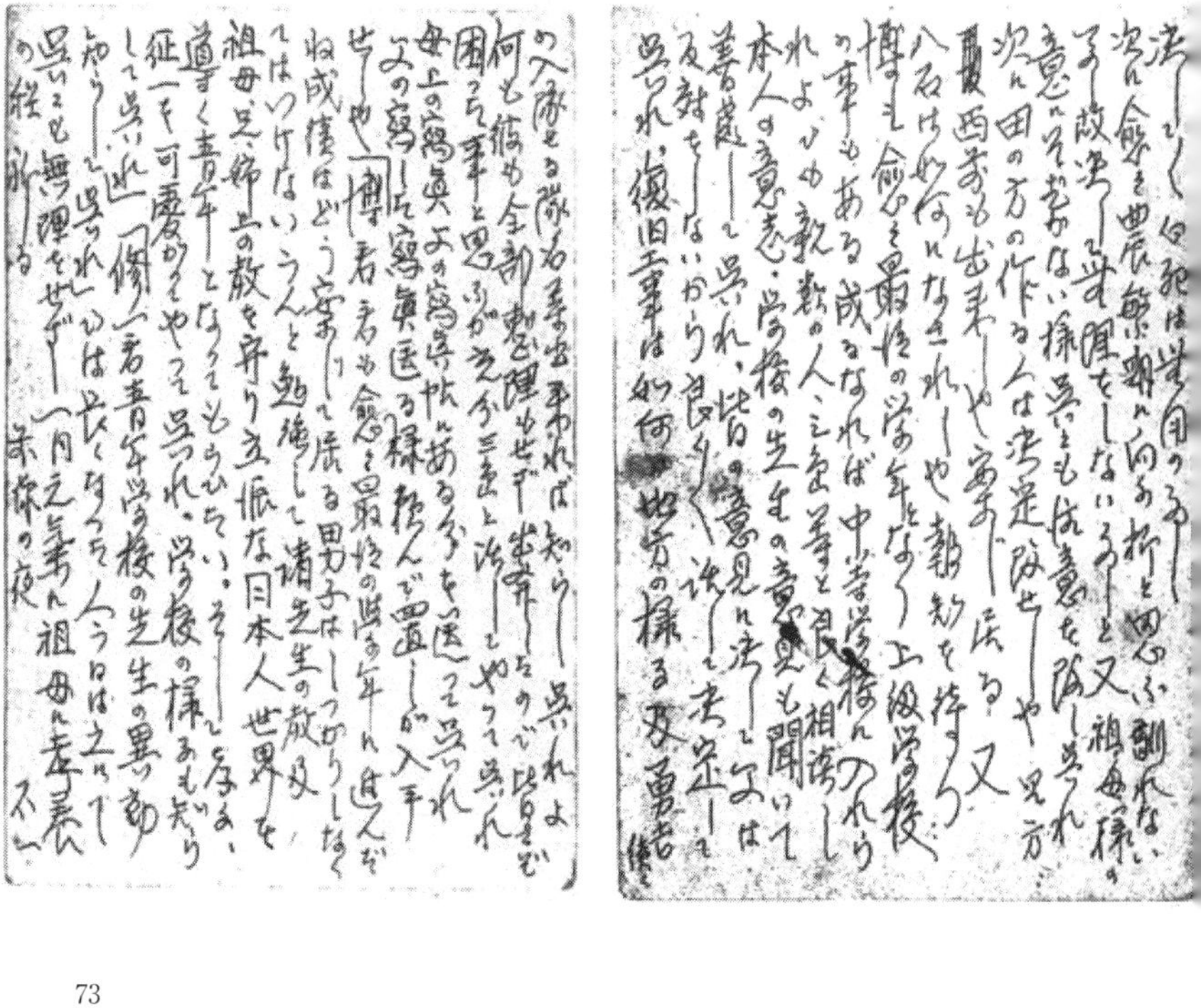

第九信

修一宛

五月二十二日出し貴状正に落手致し有難く拝見致しました
祖母様初め一同至極元気にて銃後を守り呉れる様子を拝見し安心致した
君も愈々元気にて家業、学業に精励致し殊に勤労作業等相当有るとの事充分注意して身体を大切に致し呉れ
学年末の成績は如何や案じ居るから知らして呉れ待って居る
父も愈々元気にて相変らず軍務に服して居るから決して心配無き事
祖母様にも呉々も宜敷く御伝へ致し呉れ
地方も其の後召集等々にて銃後は愈々緊張致すと倶に益々多忙になった事と察するが
此一ヶ年の事故充分注意をして修学致し卒業致し呉れ頼む
窪田にも召集になられた由家にはさぞ御困りの事と存ずる
町内会の皆々様色々御厄介になる事と存じます
皆々様の援助を有難く受け感謝せよ

学校も異動があった様子ほんとうに銃後も困る事と存ず
諸先生に宜敷く御伝へして呉れ
三原中尉殿が教官との事父よりも暇を見て出状して置くけれども
君も折があれば父の事を話して青校時代の御礼を云ふて呉れ
次に田の方は如何になせるや充分相談をして決して無理の無い様に取計ひ呉れ、
祖母様へも充分宜敷御伝へ致し呉れ　心配致されない様呉々も頼む
博君、孝子君、征一君皆元気で通学致すとの事
兄弟仲良く近所の人に噂をせられない様に充分注意を致す事
所原玉市君も元気にて毎日顔を見る、落合（常松）江田新市（江田）
共に元気話しどもあれば宜敷伝へて呉れ
では此の位ゐにて失礼皆々様に宜敷念仏頼む

父より

修一君

※便リハ不便ナリソシテ着カナイ分ガ相当ニアル様子デアル
今日ハ細木・柳楽（組合）坂田、前角、三島ヨリ便リガ着イタ家ヨリモ宜敷御礼ヲセ

ヨ

暇ニ地方ノ状況知ラシテクレ

征一君、ゲンキデ、マイニチ、ガクコウニ、ユクトノコト　オメデトウ。
チチモゲンキデ　アサヨリ、ヒコウキノ　オトニメヲサマサレ。ベイエイゲキメツノタメニ　ハタライテヰルカラアンシンアレ
オバアサン、ネエサン、ニイサンタチニヨクツカヘ
センセイノオシエヲ、マモッテシッカリベンキョウシナサイ、タカサントケンクワヲシナイコト
ソシテ、オジイサン、オカアサン、ノオハカヲキレイニソウジシテ、オネンブツヲ、アゲナサイ。
ケシテ、ヒトニマケナイ、ツヨイコニナリナサイ。
チチモ、トホクヨリイノッテオリマス。
タカサンニモヨロシク。　サヨウナラ

チチヨリ

征一君

【検閲・池本＝第五七要塞隊・独歩第三一〇大隊の副官―池本智芳中尉（島根県出身）。

周藤軍曹は副官付か？

窪田＝父の妹・カツノの夫君の菊池秋良氏――佐田町・窪田の人。】

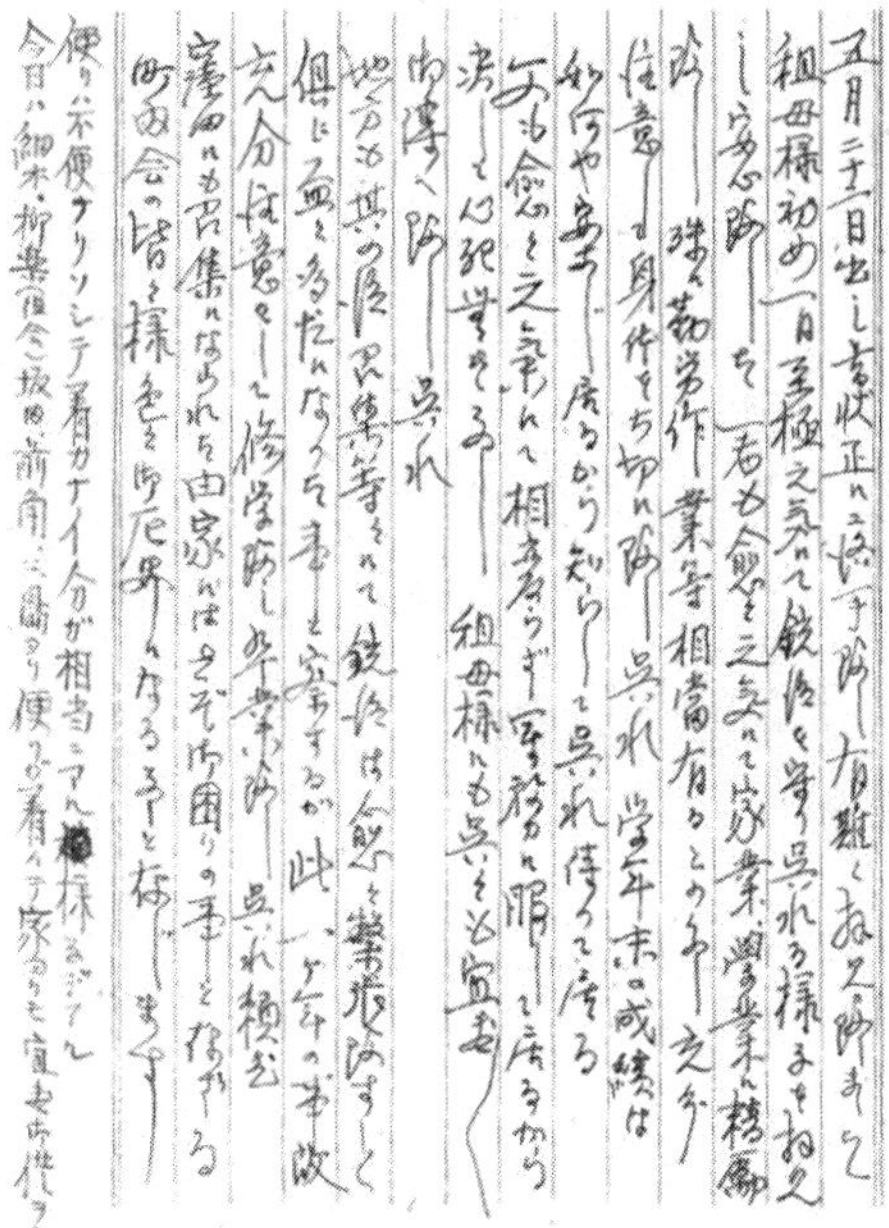

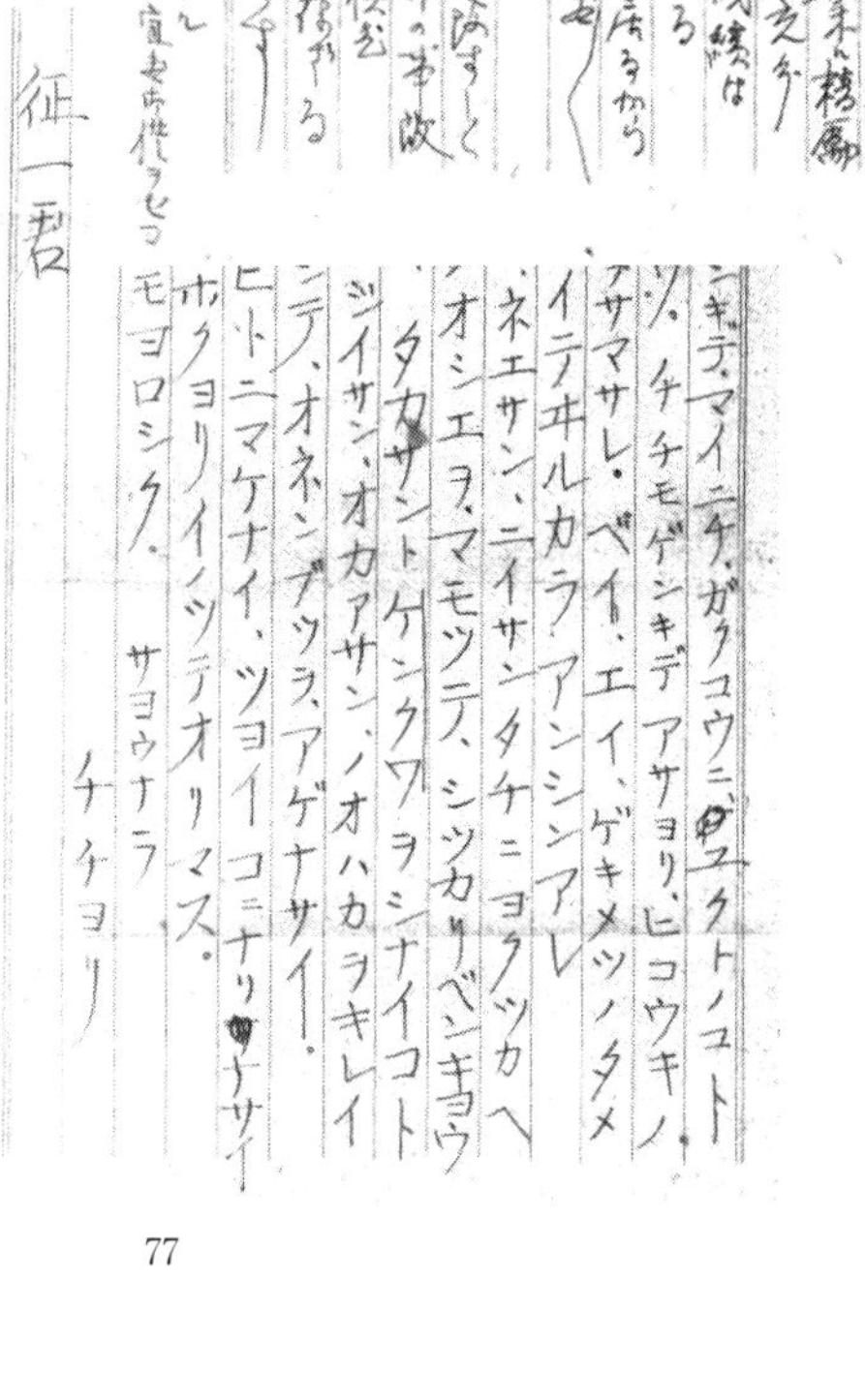

ニキデ、マイニチ、ガクコウニユクトノコト
ソノ、チチモゲンキデアサヨリ、ヒコウキノ
アサマサレ・ベイ、エイ、ゲキメツノタメ
イテヰルカラ、アンシンアレ
ネエサン、ニイサンタチニヨクツカヘ
オシエヲ、マモツテ、シツカリベンキヨウ
タカサントケンクワヲシナイコト
ジイサン、オカアサン、ノオハカヲキレイ
ニテ、オネンブツヲ、アゲナサイ。
ヒトニマケナイ、ツヨイコニナリナサイ
ホクヨリイイツテオリマス。
モヨロシク。
サヨウナラ
チチヨリ
征一君

第十信

サダ子宛

其の後益々元気で御暮しとの御事大賀奉ります
父も愈々元気旺盛にて軍務に服し居るから御休心被下い
御願ひだが薄茶五十匁、煙草あやめ十俵
右水の入らぬ様包装に気を付けて送って呉れ頼む
煙管《キセル》安物で良いから五本程頼む、
母上様に宜敷く御伝へ被下い
田植にて御忙しい事と察する如何なりしや
地方の状況等報知を待つ連絡は充分とは云へないが暇に便りを多く送って呉れ
では御願ひ迄　子供等一同に宜敷く

早々

【田植に忙しい……六月頃か】

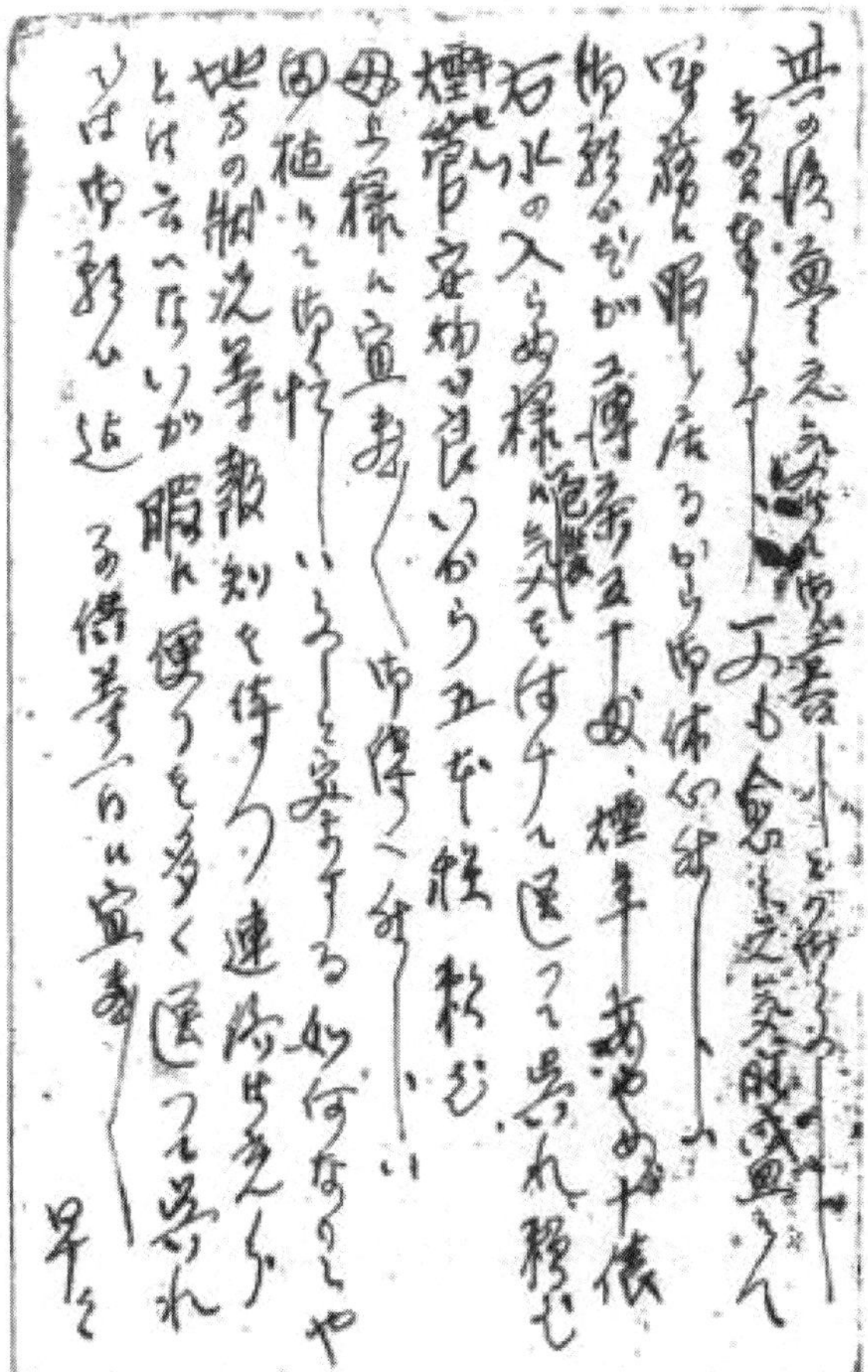

第十一信

サダ子宛

其の後久々御便も出来ず幸ひ今日便船にて便を送る
時下暑熱の折柄御母上様初め一同御元気に御暮しの事と拝察して居る
学校祭も近づき田の方も青々と冷しそうになったでせう
父も愈々元気にて相変らず皇国防衛の第一線に奮斗して居るから御安心被下い
母上様にも呉々も安心せられる様話し被下い
町内会、近所にも出すべきですが出しません
家より宜敷く御伝へ被下い　親類へも宜敷く
呉々も皆な元気でしっかり御暮しの程祈り申し上げます
郵便貯金通帖いつせ二八九九です御知らせして置く

不一

【学校祭も近づき…高浜国民学校祭は七月三十日から。

昭和十九年六月中下旬に硫黄島発か?】

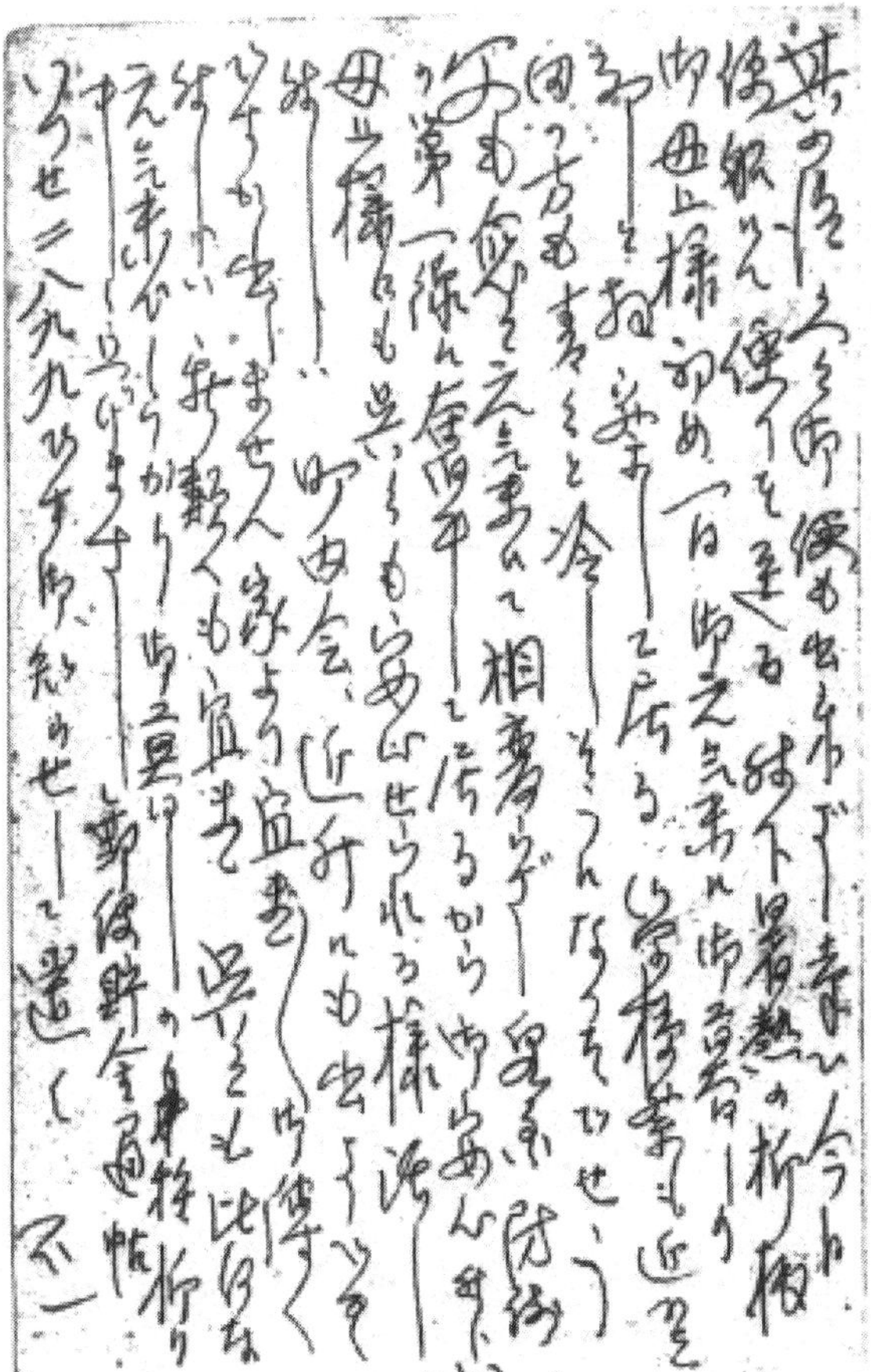

第十二信

博宛

其の後元気にて通学の事と存じます
祖母様初め一同元気ですか
父も益々元気にて軍人として服して居ります御安心の事
飛行機の爆音は一日中頭の上にごう〳〵と飛んで居ります
どうか君も元気で兄弟仲良くしっかり勉強致しなさい
祖母様に宜敷く御伝へ被下い
友達と元気に孝子征一を可愛がりなさい

【金魚の絵の木村義雄画伯＝松江市出身。
昭和十九年夏か】

金魚　　　本村觀琹愛的華

軍事
郵便

池水

□□隊
□□□□部隊

□□隊園□金一□

　　其の後元氣よく通学
　　のよろこびつつ
　　祖母様初め一月元気に
　　□も益々元気にて
　　軍人として那し居り
　　まう御安心の事
飛行機の爆音は
一日中聞ふれごとく
と飛んでをり
うつか君も元気よろしく
兄弟仲良くすること
魂修錬しなさい
祖母様に宜寿しく御傅
へ下さい
友達と元気□□□従一□

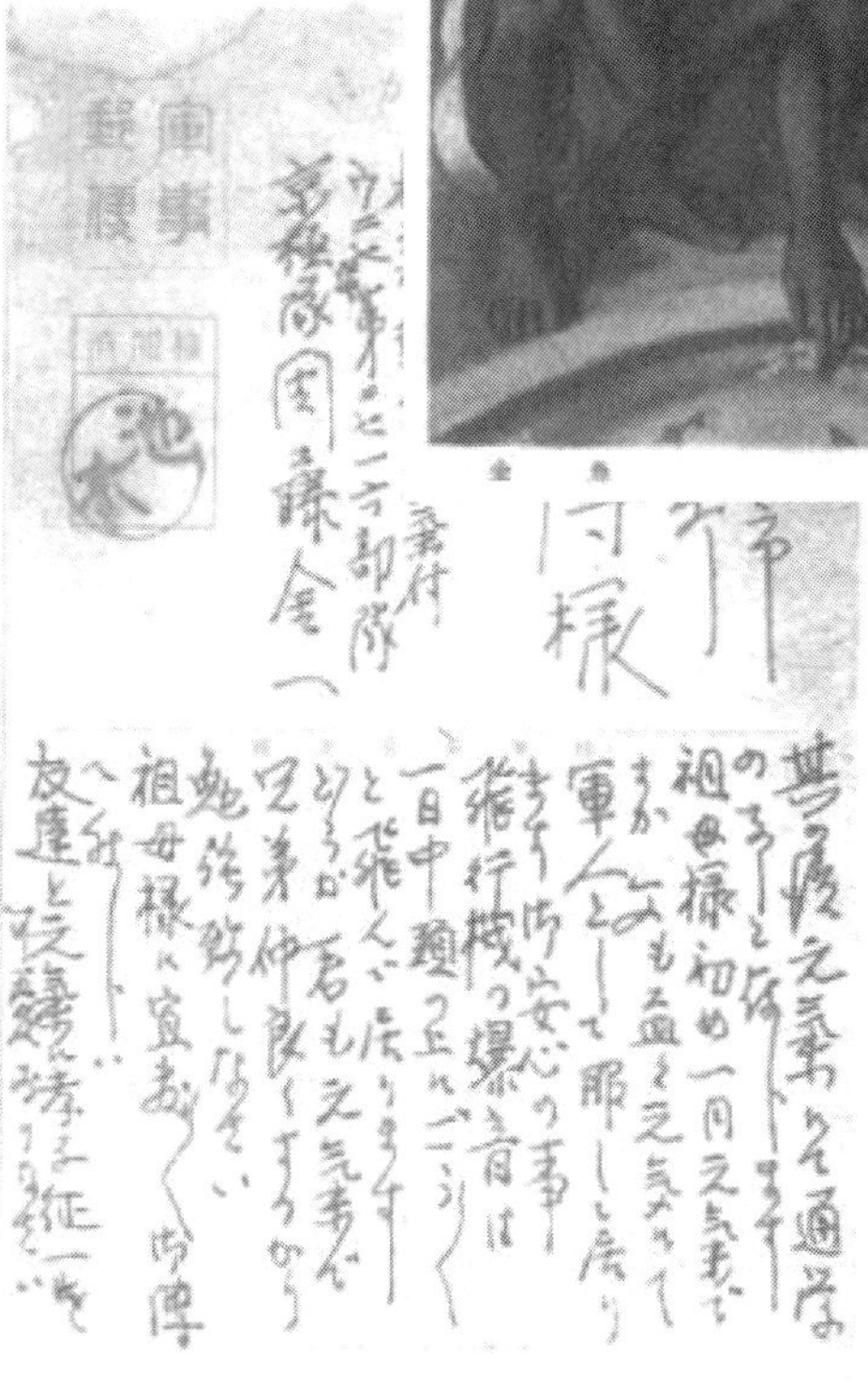

第十三信

修一宛

暑熱愈々加る折柄皆様愈々御壮健の事と拝察仕ります
其の後久々御無音に打過ぎ失礼仕ります
父も増々元気旺盛にて皇国の為防衛の第一線に活躍致し居る御休心被下い
母上も時節柄御障り之無きや盛夏に向ふ折柄愈々御自愛の程節に祈り申し上げます
詳しくは書く便りも出来難し
御近所親類等々に宜敷く申し伝へ被下い
呉々も元気にて御暮しの程を祈り申し上ます　早々

【匿秘名「ウ二七備第二七一六部隊」＝第五七要塞歩兵隊（編成・松江）・大隊長京極義雄大尉、部隊改編前、硫黄島か？】

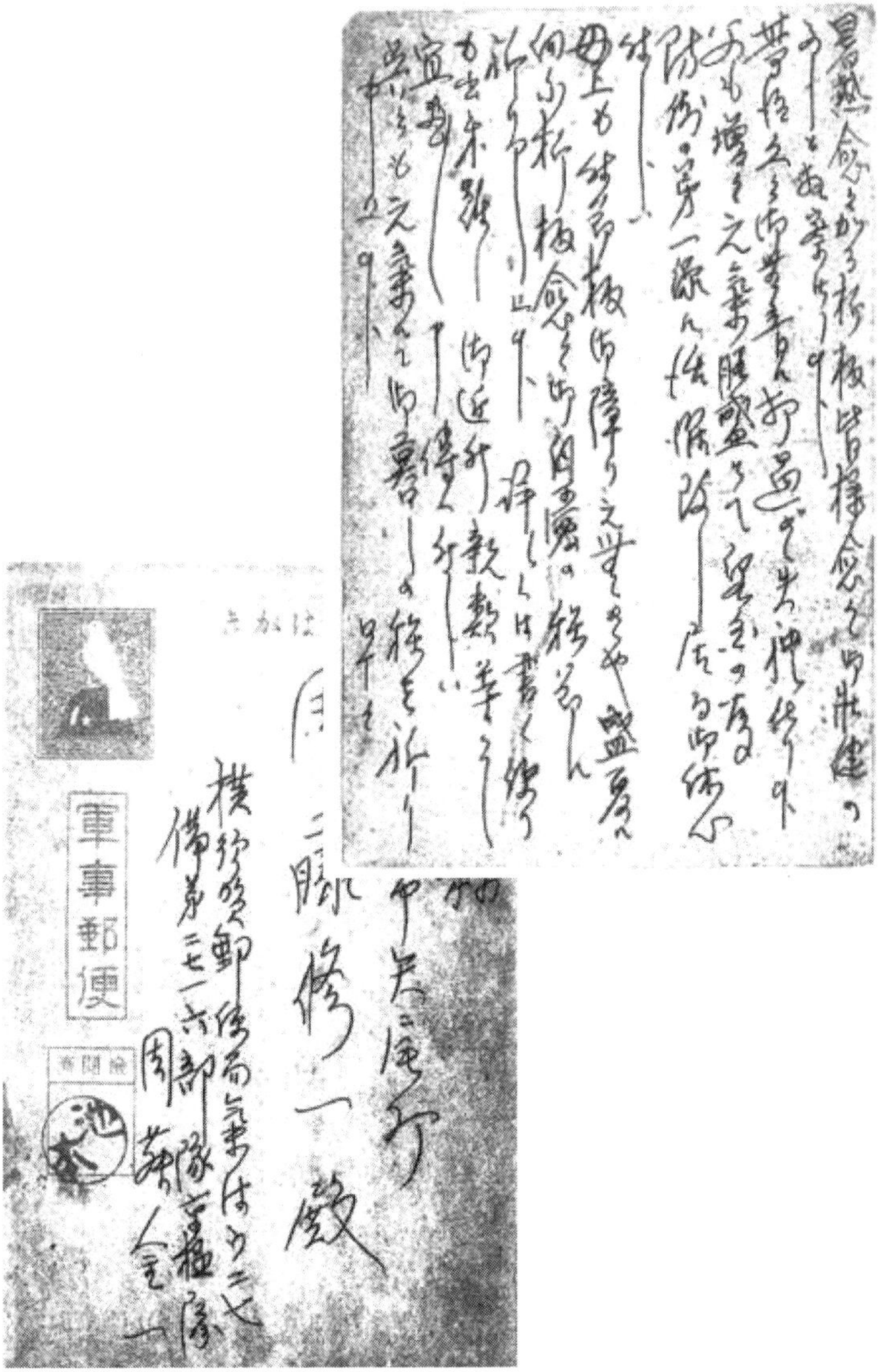
軍事郵便

第十四信

サダ子宛

七月九日付の貴信正ニ落手致しました
留守中祖母様初め一同至極元気にて
決戦下の銃後の護りに奮斗せられ居る様子大賀奉ります
父も益々元気にて軍務に服し居ります
去月中旬以来数度の爆撃を受けたけれども（七回）幸ひ元気にて奮斗して居ります
我々の島も今は暑加りましたがでも冷しい風が吹いて案外楽です
敵機の来ない日にはのどかな土地です
護りは愈々堅く兵隊も陸、海、空と一致協同です　御案じ無き様
御便り致したいが今便りを禁じられ　それに便船もなく出来ないのです
同郷、落合義夫君は一寸負傷せられたが今では元気
江田、所原共に元気です
陣地にて顔を合せては話します

バナ、、パ、イヤ、マンゴー等を喰ひました
新しい部隊が来ると内地の様子を聞くのが楽しみです
内地も愈々決戦態勢が強化されたとの事
皆なの仕事も増々多い事と察しますどうか無理をせずにしっかり元気でやって呉れ
祖母様に孝養を忘れない事又安心せられる様話して置て呉れ
稲、畑作の出来は如何です、梅は少なかったさうですね
どうか呉々も無理をせない様充分注意をしてやって呉れ
前河原、落合先生、前角、新畑糸江さん等々便りが着いた
でも全部出された便りが着かないらしい、父が出したのも着かんのがあると思ふ
小包送って呉れたとの事ですが未だ受領しないがありがたう
学校、近所、親類共便りが出来ないと云ふて宜敷く御伝へ被下い
召集の様子、地方の様子を知らして呉れ
数多く出して呉れればいづれかは着くと思ふ
今も友軍機が心強い爆音を頭上に振舞ひつゝ戦技訓練中だ
何よりも心強いのは飛行機だねー

兵隊も皆元気な顔で（ま黒い土人の様な）毎日まいにち陣地を防空壕を作って居る
大分心強い壕が出来上りつゝある安心の事

祖母様は其の後元気ですか
暑くなっていつもの病気が出はしないだろーかと遠い島より神に祈って居ります
決して無理な事はせずに楽しく暮らして被下いと宜敷く伝へて呉れ
博、孝子、征一は元気で暑中休みも無い学校にて元気な勤労奉仕をして居る事と存じます

疲れが出ない様しっかりやる様伝へて呉れ
修一の就職の事について便りを呉れたが皆の考が良いと思ふ農業会なれば安心で近くはあるしやって行けると思ふから学校、其の他へ良く御願ひして就職して呉れ
祖母様ともよくよく話しての上で決定の事
次ニ坂田の勇吉君の国民服あれを呉れる言ふ事だったがもらったのですか
未だなれば伯母さんに頼んでもらって置きなさい
父か修一かいづれでも良いから修一の就職頃迄には遅くとも呉れると思ふ

呉々も子供の事に気をつけて宜敷く御願ひする
近所の方々に宜敷く御願伝へ被下い
幸ひ海軍の人航空便にて送る
　七月二十八日書く　　硫黄島ニテ
　　　　　　　　父より
サダ子殿

【便りの内唯一、「硫黄島にて」と記載あり、島の様子も細かく記述。
差出人＝東京・鈴木芳雄。
検閲なしは海軍の人に頼んで東京から私信として出したと思われる。
昭和十九年七月、硫黄島】

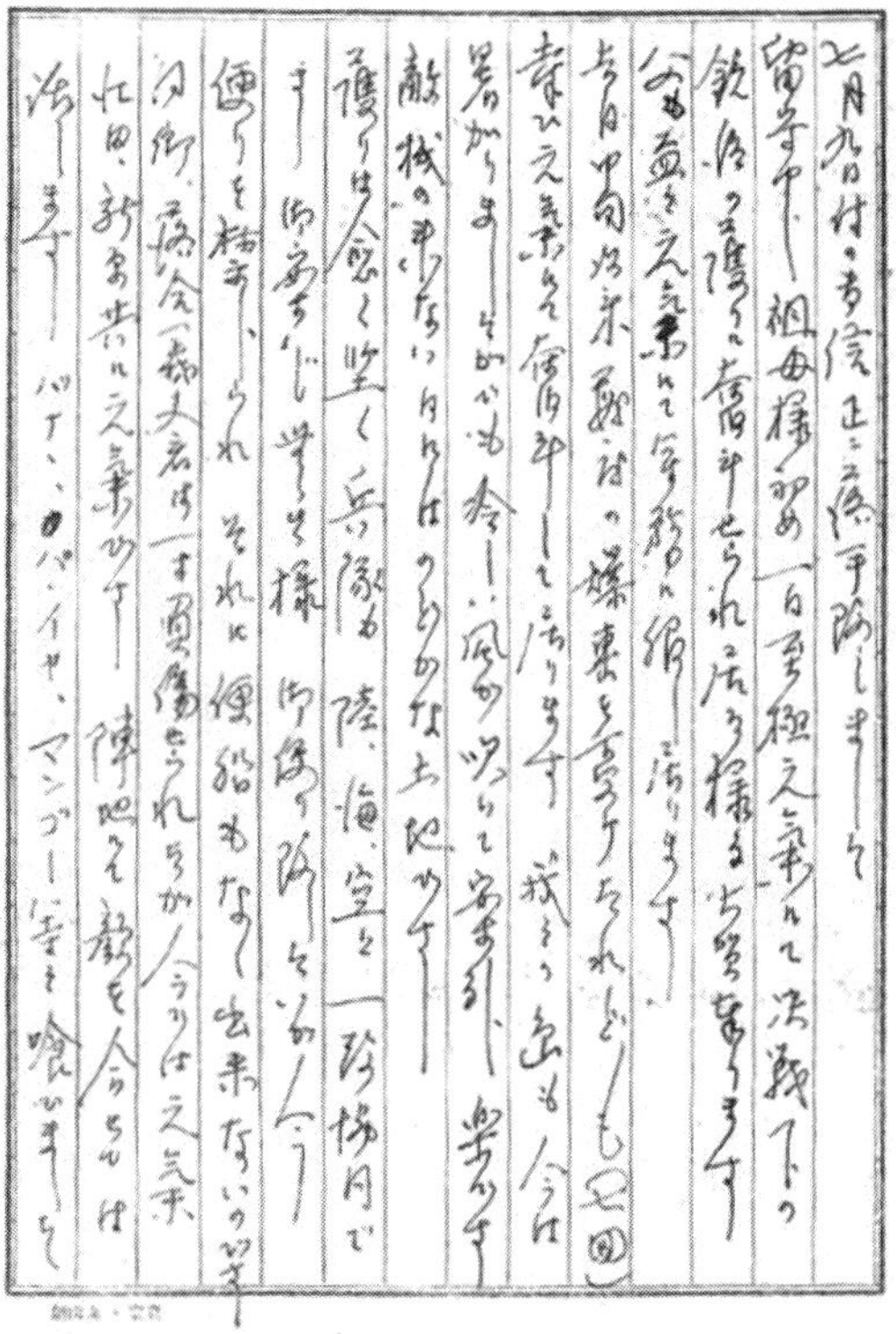

第十五信

サダ子宛

其の後久々御無沙汰にのみ打過ぎました

時下三伏の酷熱の折柄祖母様初め一同御揃にて愈々御元気にて銃後の護りに御奮斗の御由安心し大賀奉ります

殊に祖母様の元気嬉しく存じます　父も愈々元気旺盛幸ひにも休む事も無く元気一杯に軍務に服し米英撃滅の決意も固く防衛に服して居るから御安心の事

祖母様にも呉々も安心ある様宜敷伝へて呉れ、先般は小包に便り六通嬉しく落手し志しの薄茶あの新しい香りに故郷を想ひつゝ、暇々の一服に新しい元気を盛起すんだと皆と共に戴いて居ります七月には降雨多く心配御無用の事

安三の弟勝三も元気

征一も習字を出したとの事元気一杯に書いたと思ふ八幡宮は踊りを奉納とか修一も出たでせう孝子、博も元気な様子呉々も宜敷伝へ被下い、オ盆は十三日とか永泉寺様に頼んで読経を上げて呉れ父も遥に拝す、次に便りは当分少ないと思ふ

出すのは（横須賀郵便局気付ウ二七膽一八三一七部隊）で出され度し
町内会、三島、親類近所に呉々も宜敷く御伝へ被下い
祖母様に無理無き事を祈ります　特別の外返信不要、写真未だ入手せず
　三谷サンの分も受取りました
青校、国校に宜敷く、

【八幡宮祭礼は七月三十日、その少し前十九年七月下旬硫黄島か。三伏＝季語（初伏・中伏・末伏＝蒸し暑い）。秘匿名「ウ二七膽一八三一七部隊」＝部隊改編（十九・六・三十）後・独立歩兵第三一〇大隊・大隊長京極義雄大尉――十九年十二月交代岩谷為三郎少佐】

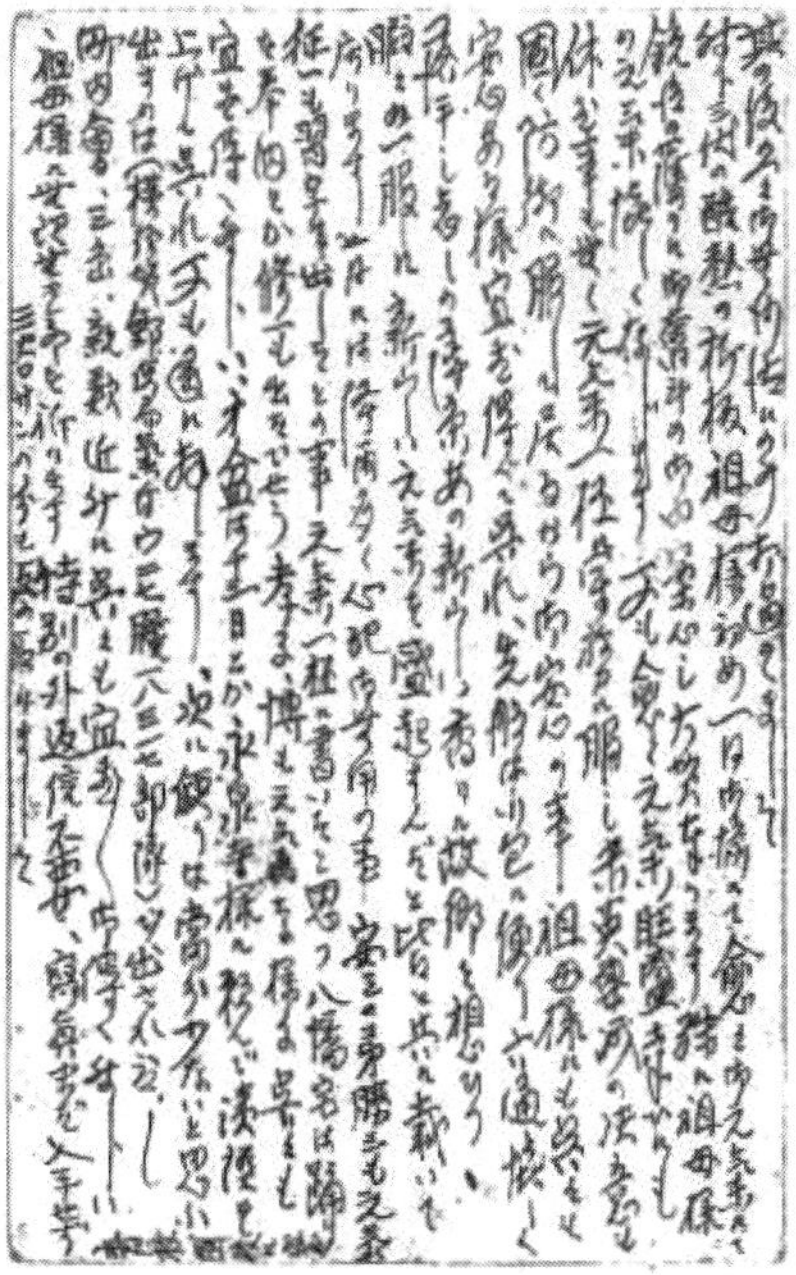

第十六信

修一宛

其の後久々御無沙汰致しました残暑未だ酷しい事と存じます

七・二九出し便り受領致し暑の央《なかば》にも祖母様初め一同元気にて張切ツて銃後の護りに奮斗の事安心致しました

其の後も引続き増産に精を出される事と存じます

父も御蔭で愈々元気にて軍務に服し米機の来襲にも暑さにも勝抜き益々元気旺盛です

安心致され度

本年米作如何や水尠《すくな》きとか如何なりやと案じて居る、祖母様は変らず元気なりや

御無理をなさらぬ様伝へて呉れ、

姉上、博、孝子、征一

皆元気にて勉強致す事と思ふ、兄弟仲良く祖母様に孝養第一にやって呉れ

皆に宜敷く伝へよ

村内其の後招集等の状況如何便りを呉れ

通信制限の為町内会、近所、親類等余り便りを出さないから
皆様に宜敷く御伝へして呉れ
決戦下愈々健康に留意元気で御暮しを祈る　不一
　写真同封ハ未ダ着カズ　伊波野薬師の日

【伊波野薬師の日＝祭礼――九月八・九日
昭和十九年九月】

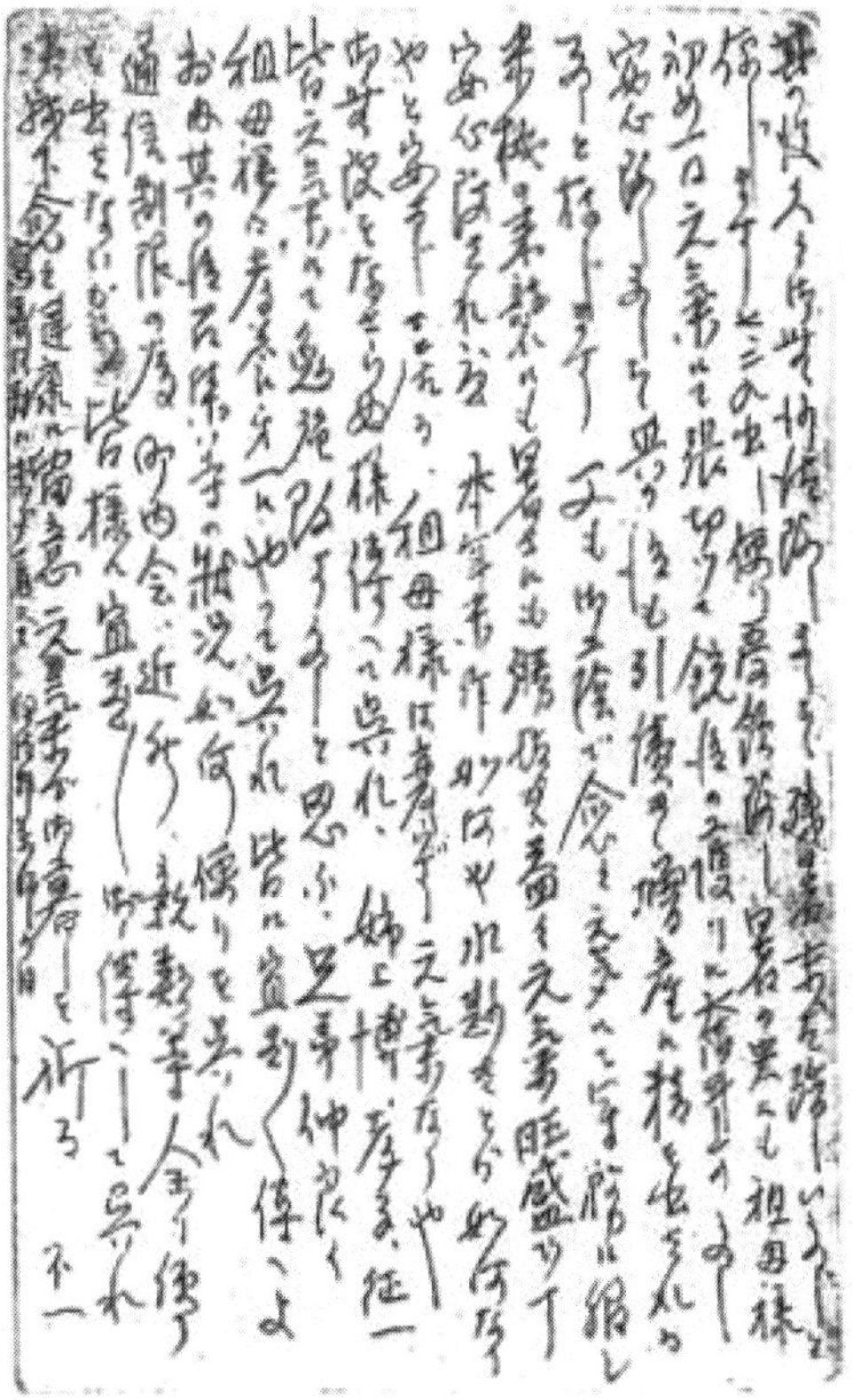

第十七信

サダ子宛

其の後久々御無沙汰致しました
御便り有難う皆さん愈々御元気にて祖母さんも肩の痛みもないとの事安心しました
父も御蔭で至極元気　敵キの訪れも数度ありましたが幸ひ元気にて防衛に任じて居ます
どうか御安心被下い
御盆にて皆な御揃ひ御参の事と察します
父も遥に拝して念仏を唱へました
先般も入隊があったとの事町内では如何でした
本年は降雨が尠《すくな》いらしい様子田の方如何です
当地は御蔭で降雨あり　今は水の心配無くやって居ります　御安心の事
松江森山にも出られたとの事
でも異った地で逢ふ事も出来ない或いは逢へるかもそれを希《ねが》って居る、
どうか残暑不順の候愈々自愛御元気に御暮しあらん事を祈ります

祖母様にも呉々も宜敷く御伝へ被下います様御願致します
便りに限りあり近所へも宜敷

【盆過ぎ……八・九月硫黄島＝水に心配無し。松江森山＝森山和一郎＝姪幸子（きょう子さん）の夫君――松江市石橋町】

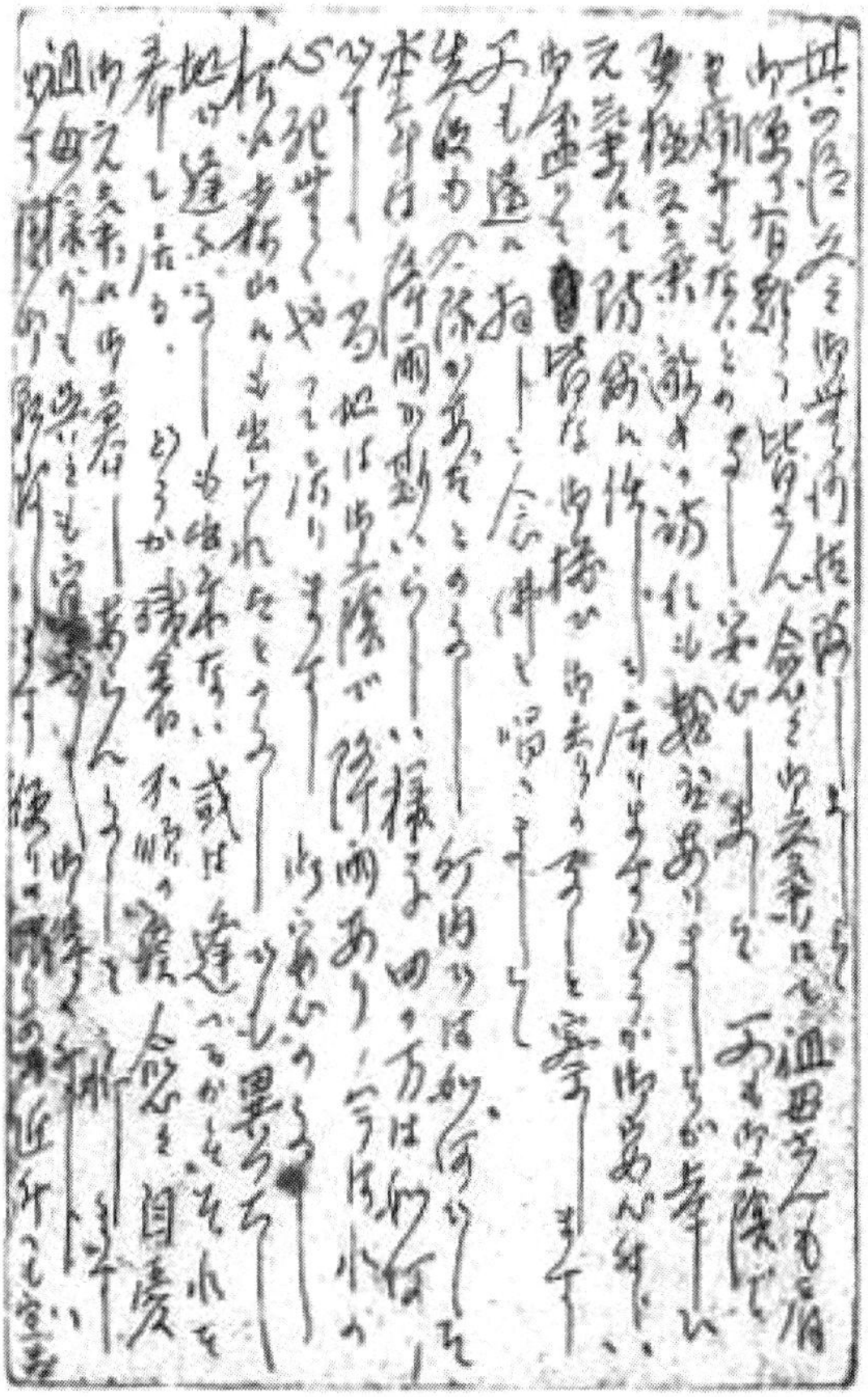

第十八信

サダ子宛

本日久し振りに御便りを受取り拝見仕りました
冷気身にしむ中秋の取入れの多忙の御事と存じます
祖母様初め一同至極元気に銃後の護りに御奮斗の様子大賀奉ります
降って父も御蔭を以って幸ひ至極元気にて米機の空爆にも打勝って皇国防衛の第一線に活躍致して居るから御安心被下い
九月には水害もあると聞きましたのに地方は変り無く豊年とか御悦び申し上げます
栗も柿もよくなったとか子供等は悦んで居るのでせう。
又松が折れましたとか損害でしたね
征一君は級長とか御芽出度一そう勉強する様伝へて被下い
子供皆仲良く元気で勉強の事、三島様出張所長御就任とか今日三島へも出状し置きしも万々宜敷
修一ノ件等も御願ひ致され度《たく》何彼と御相談御願ひ致す事

祖母様に宜敷く心配せず御無理をなさらぬ様話して被下い、手紙もて学校等の様子、軍人会等の状況知らせ呉れ

俸給、手当等も宜敷知らせ。小包が送れたら煙草、仁丹、勝栗も良し送って呉れ、

松江より御守等送って戴た御礼申上よ

近所、酒屋等出す可きだが便り制限にて出さない家より宜敷く御伝へして呉れ、寒さに向ふ折呉々も身体を大切に致す事　不一

【昭和十八、十九年と連続で台風被害。父と祖父が植林した山の松が折れた模様。

松江＝松江市の母の実家・西代屋旅館】

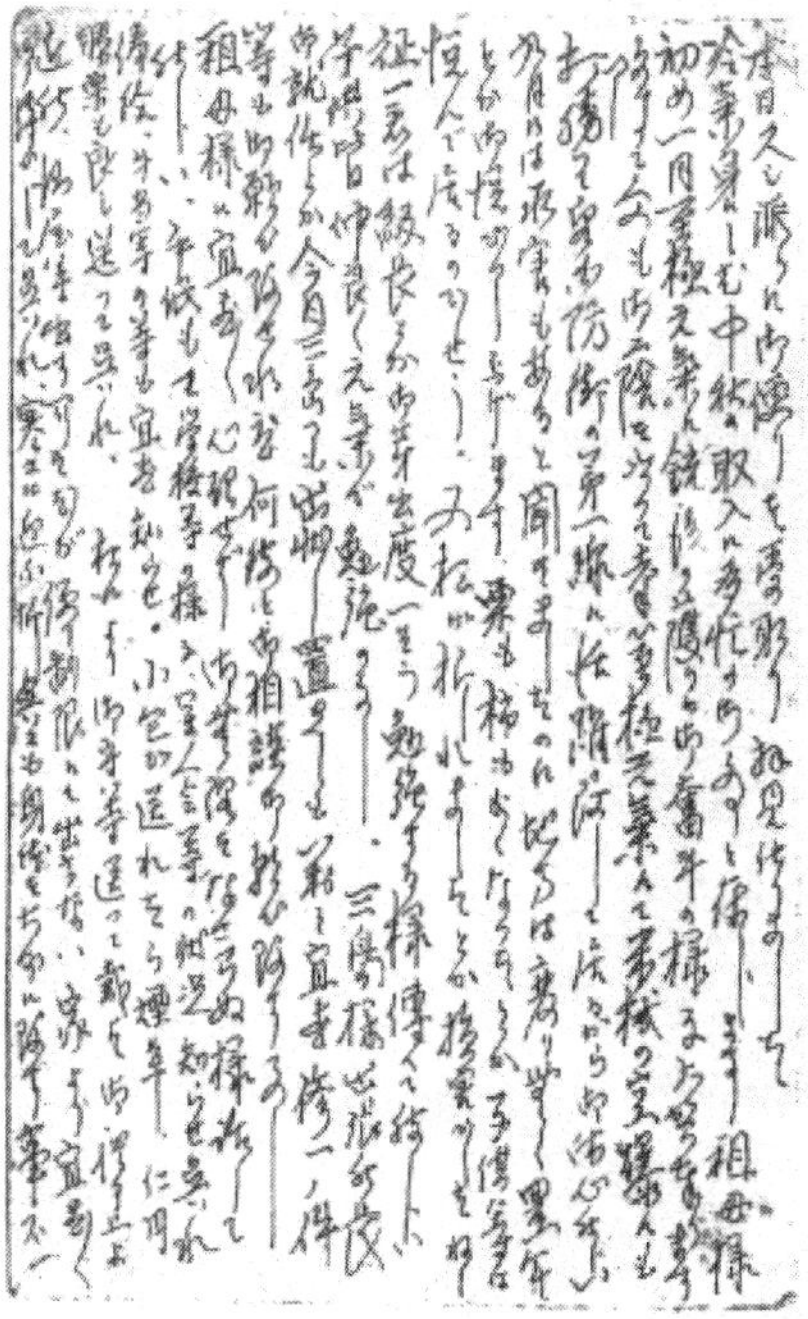

第十九信

博・征一宛

博君元気で勉強して居る事と存じます
祖母様初め御一同様元気ですか稲もぼつ〳〵刈入れでありませう出来は如何です
父も御陰で至極元気で米機大来襲にも元気
増々旺盛にて服務シテ居ますどうか御休心被下い
兄さんは卒業はいつでした
三月ですか大元気でせう
地方の様子家の様子御知らせ被下い八日後は便りを未だ受取らず解らない
祖母様初め皆様に宜敷く伝へて呉れ
学校の先生にも宜敷く御伝へ被下い

征一君元気デスカ、毎日ガクコウニ行クコトトゾンジマス。
タ、カイハマス〳〵ハゲシクナツテ、君ラモ一ショウケンメイデハタライテ、カチヌクマデヤツテクレ。
タカコサンニモヨロシク。ミンナナカヨク、センセイ、ソボサンノオシエヲマモツテ、
ベンキヨウナサイ、

修一君
便りに制限あり
近所等に出さないからよろしく伝て呉れ
母上様に宜敷
寒さに向ふと無理をせない様ぼつ〳〵やつて被下いと
呉々も宜敷御伝へ被下い
三島、学校、組合、出張所等々御伝へ置き被下さい
では又御便り致します　早々

【稲の刈入れ前、長兄卒業前……昭和十九年十月か十一月？】

征一君元気デスカ。毎日ガッコウヘ行
クコトゝ存ジマス。タ、カイハマス／＼
ハゲシクナツテ、君ラモ一ショウケンメ
イデハタラキ、カチヌクマデヤツテ
クレ。タカコサンニモヨロシク。ミンナ
ナカヨク、センセイ、ソボサンノオシエヲ
マモツテ、ベンキヨウナサイ。

第二十信

サダ子宛

冷気愈々加り暮し好き候となった事と存じます
今は刈入れの最中でせう其の後変りはありませんか
祖母様は十月四日出し分にて元気で御働きとのこと安心しました
皆な元気で御働きの事と拝察仕ります
父も其の後愈々元気にて朝夕めっきり冷しくなり敵機の襲来にも勝抜いて相変らずやって居ります
台湾沖比島方面の大戦果に愈々士気旺盛です御休心被下い
銃後増産決戦も大戦果らしい様子安心致しました
元気でしっかりやって被下い
九月中旬には大暴風があったとか山の松位で何よりでしたね
町内会等変りはありませんか
皆々様に一々出さないから家より宜敷く御伝へ被下い

征一君オメデトウ、シッカリベンキョウシ、オバアサンノイヒツケヲマモリ、リッパナ日本軍人ニナッテクレ、ネイサンタチト、ケンクワヲセナイコト、

酒屋、幸一郎、仲市様等近所に宜敷く伝へて呉れ

祖母様に呉々も御無理をなさらぬ様又心配なき様伝へて呉れ　怱々

【昭和十八、十九年秋に連続台風が直撃、各地に被害あり。刈入れの最中だから、十九年十一月頃に硫黄島からか？

征一君オメデトウ＝二学期・一年生最初に級長になったことか？】

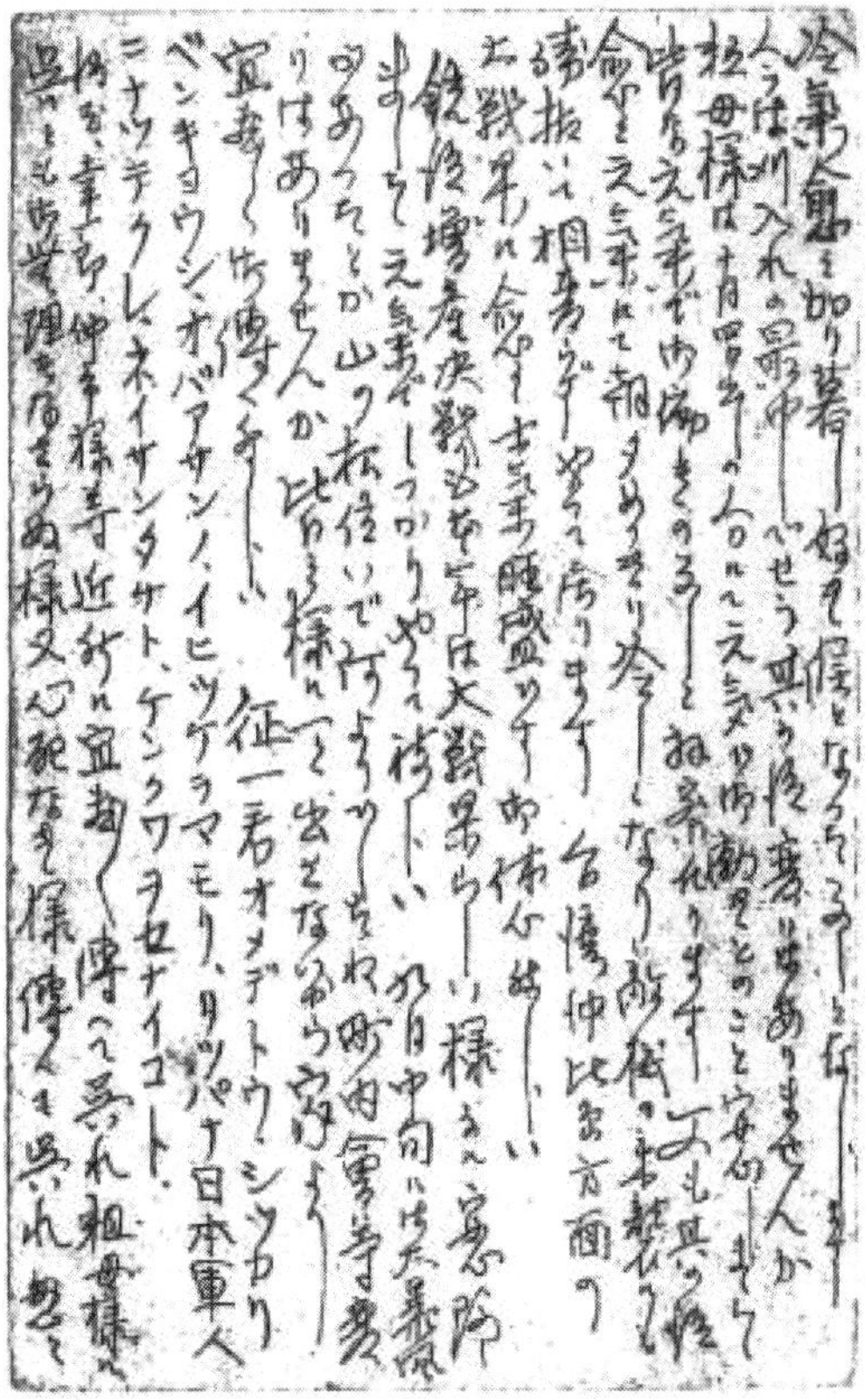

第二十一信

サダ子宛

祖母様初め一同しての便り十一月五日迄の分を受け取り嬉しく読んだ

祖母様初め一同至極元気にて御働きとの事

殊に祖母様は肩の痛みもなく元気との事、

修一の勤労作業　国民学校生徒の張切り方

博、征一、孝子の元気な様子見る様で嬉しく読んだ。

征一の書方（習字）友達皆一年ではない様だとほめられた

博の予科練、征一の陸軍大将その元気でしっかり勉強して呉れ

父も御蔭で幸ひ至極元気にて相変らず園山軍曹、所原、江田新一、落合義夫、新屋敷の

勝三等元気第一線に服務致して居るからどうか御休心被下い。

今市山田曹長、武志法正軍曹、高松日下軍曹等毎日同じ隊に顔を合し居ったのに気の毒

であった

修一に行けたら悔に行って呉れ、坂田にも伯母様死去の由早速悔状を出して置いた。

近所、親類等皆親切に手伝ひ戴くとの事感謝致し居る、飯母、本馬等出られたとの事宜敷く伝へて呉れ、便りに制限があり出さない家より宜敷く伝へて呉れ、
米は豊作との事ながら斗、代等は三島に御願ひして宜敷致され度し、
サダ子元気で山行き等もするとの事無理をせない様、坂田はで木は貸して上げて置け、
青年、国民両校共宜敷く御伝へ被下い、
修一の好成績御芽出度う、最後の学年懸命にやって呉れそして就職もしっかりやれ、母上様に呉々も宜敷

【米の作柄、山仕事、修一最終学年…昭和十九年十一月末頃か。三名の戦死、山田曹長＝十九年八月三十一日、法正軍曹＝十九年八月二十五日、日下軍曹＝十九年十一月二日（公1）戦死】

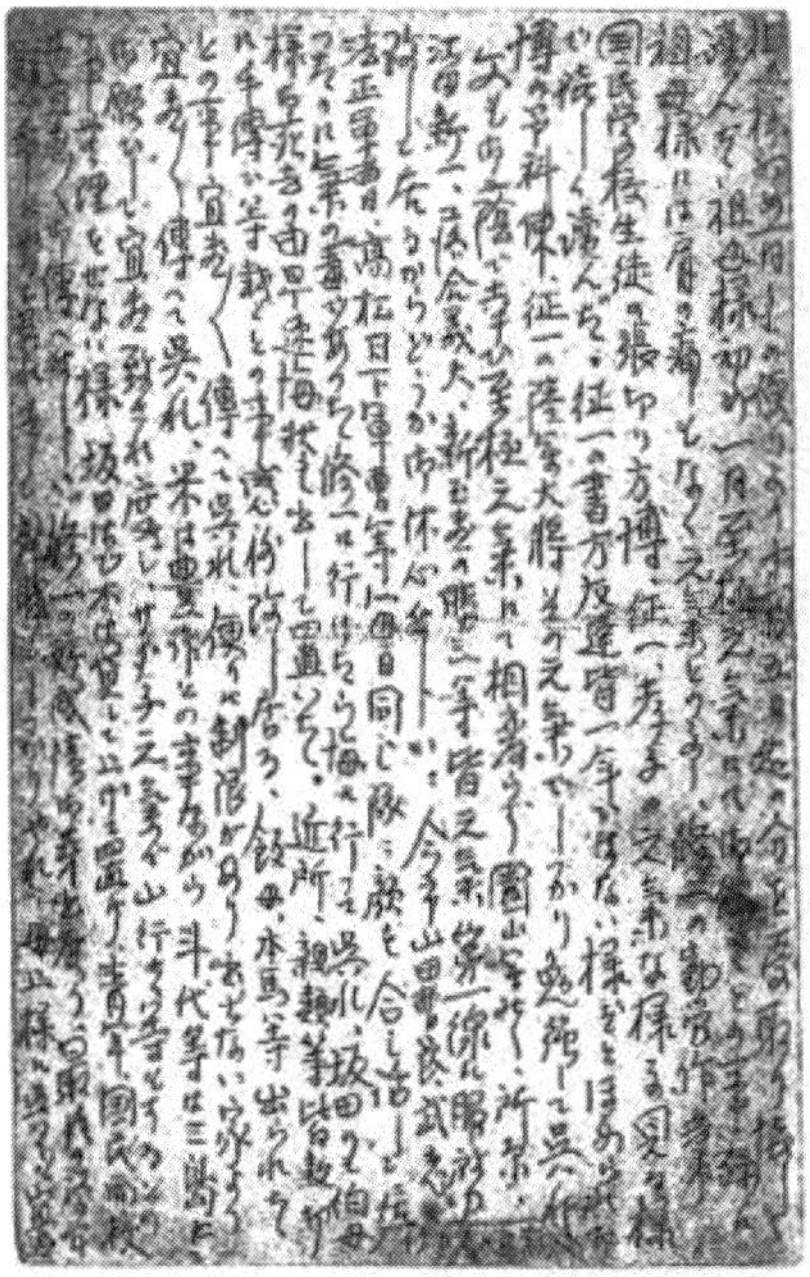

第二十二信

サダ子宛

其の後御無沙汰にのみ打過ぎました
収穫の秋田は黄金の波の打つ事と察します
祖母様初め一同愈々元気にて御暮しの御事大賀奉ます
父も御蔭を以って幸ひ至極元気にて数次に亘る敵機の来襲にも暑さにも勝抜いて
益々旺盛なる士気を以って防衛に任じて居りますどうか御休心被下い
冷気加る候祖母様御病気は起こりはせんやらと案じて居る再々御便り有難う
でも母上の手紙それに写真を送って呉れたのは共に着かない
端書《はがき》は21迄着いた
暇に地方の様子御知らせ被下い手紙でもよい出して呉れ
愈々決戦の時呉々も身体を大切に各々本分に邁進し銃後の護りを完《まっと》ふして呉れ
祖母様初め一同に宜敷
便りに制限あり近所等へ出さないから家より宜敷く御伝へ被下い

征一、孝子、博、修一共に宜敷く

不一

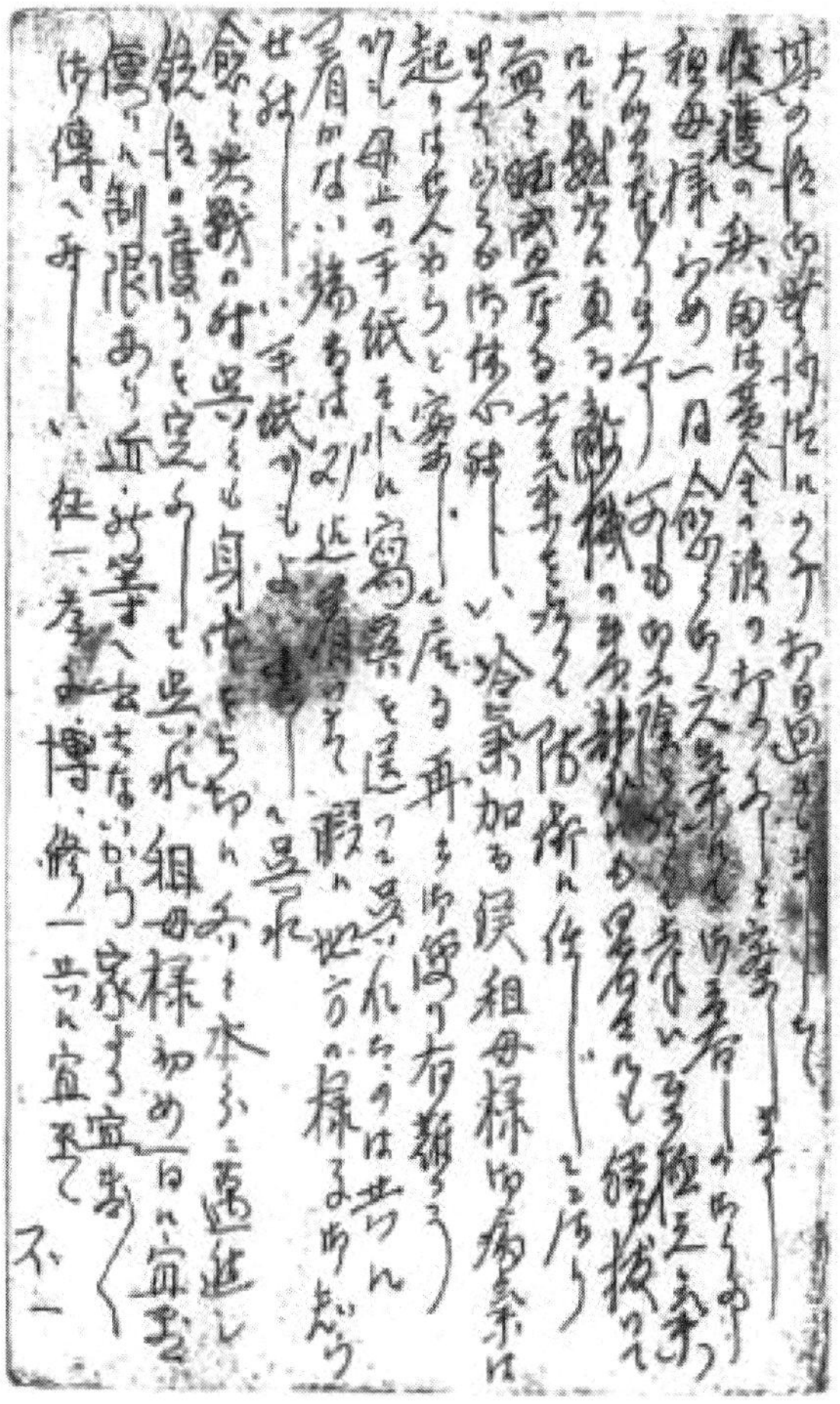

第二十三信

サダ子宛

1、2、3出しの書簡迄落手致し
祖母様初め一同至極元気に奮斗せられる様子嬉しく読んだ
内地は意外なる寒さの由其の後如何やと際し居る、父は御蔭で至極元気
米機の連日来襲にも勝抜き益々旺盛なる志気を以って服務致し居る
未だ夏物で寒さも感ぜずやって居るからどうか〳〵御安心の事、呉々も祖母様に心配な
さらぬ様御伝へ致して呉れ、
又無理な仕事等なさらず御暮しの程良く〳〵御話し致せ、
修一も農民道場に行くとかどうか自重、自愛し、病気等にならぬ事呉々も注意致し置け
寒くなって博、孝子、征一が風邪を引かない様注意をして呉れ、
征一は再々歯が痛むとか、虫歯なれば早めに手当をせよ
先般は小包送れなかったとか、大社局は受付けるさうである
出来れば少々送って呉れ、年内も余日無き折多忙の事と思ふ

愈々決勝の新らしき年を皆元気で楽しく迎へられん事を遥に祈る、
仲市、酒屋、前河原、等々近所より便りを戴いたが、制限の為出せない家より呉々も宜敷御伝へして呉れ
三島、前角令室様に呉々も宜敷く頼む　では余は後便にて

【年内も余白無き……】
十九年の年末

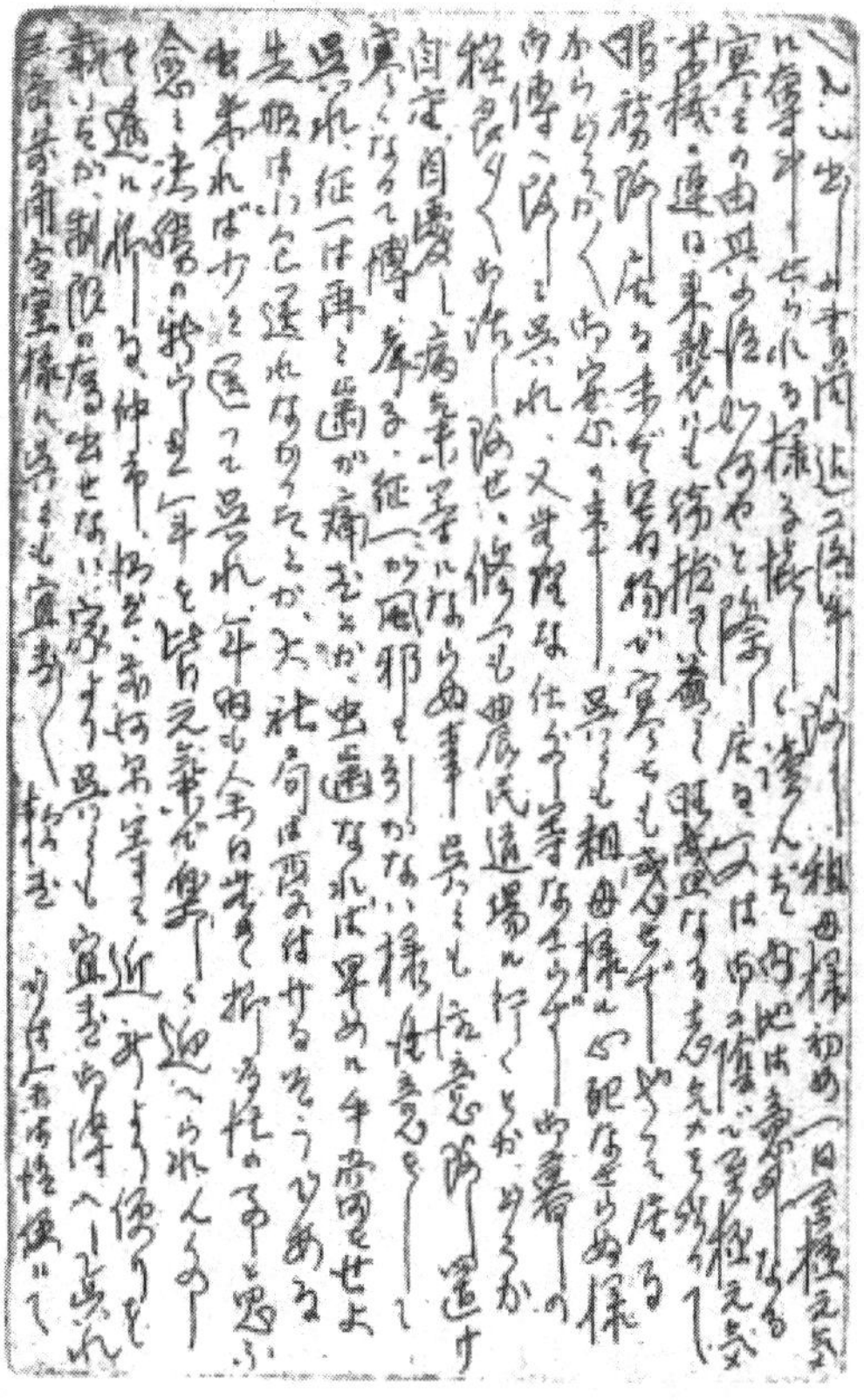

第二十四信

サダ子宛

年内もおしせまり内地は寒さ愈々加りし事と存じます
便りに依れば祖母様初め一同至極元気で増産に御働きとの事大賀奉ります
父も御蔭で幸ひ至極元気にて米機の来襲にも勝抜き
第一線の防衛に任じて居るから御休心被下い
先般戴く俸給を百円程送ったから祖母様に差上げて呉れ
又坂田へは香料と共に手紙を出して置いた着いた事と思ふ
便りは十一月三四日頃迄の分を受取った
其の後皆変り無く働いて居る事と存ずる、母上寒さにて肩、手等痛まれはせぬや
無理をされない様呉々も皆で注意をして上げて呉れ
三島様、常松先生、青年学校三代、俵、栂野諸先生、糸江さん豊子さんより便りを戴いたが、父は便りに制限あり皆に出さないから家より宜敷く御礼を申し上げよ、（写真父ノ分以外は着かないあったら征一ノ分送れ）

修一は勤労奉仕と一月より農民道場に行くとかどうか元気でしっかりやって呉れ、博、
征一、孝子、風邪を引かさぬ様注意が第一である
次に煙草が配給とか出来たらば、あやめか、みのりを少々送って呉れ
勝栗か豆かを共に御願ひする、愈々内地も戦場となった秋
皆充分健康にして十分働いて呉れ、祖母様に呉々も宜敷く
町内会、酒屋、東、幸市方に宜敷く伝へて被下い　不一

【昭和十九年十二月末、硫黄島から。
俸給百円……当時の兵士の給料は如何に。
「あやめ」「みのり」は当時の（キセルで吸う）刻みタバコの銘柄】

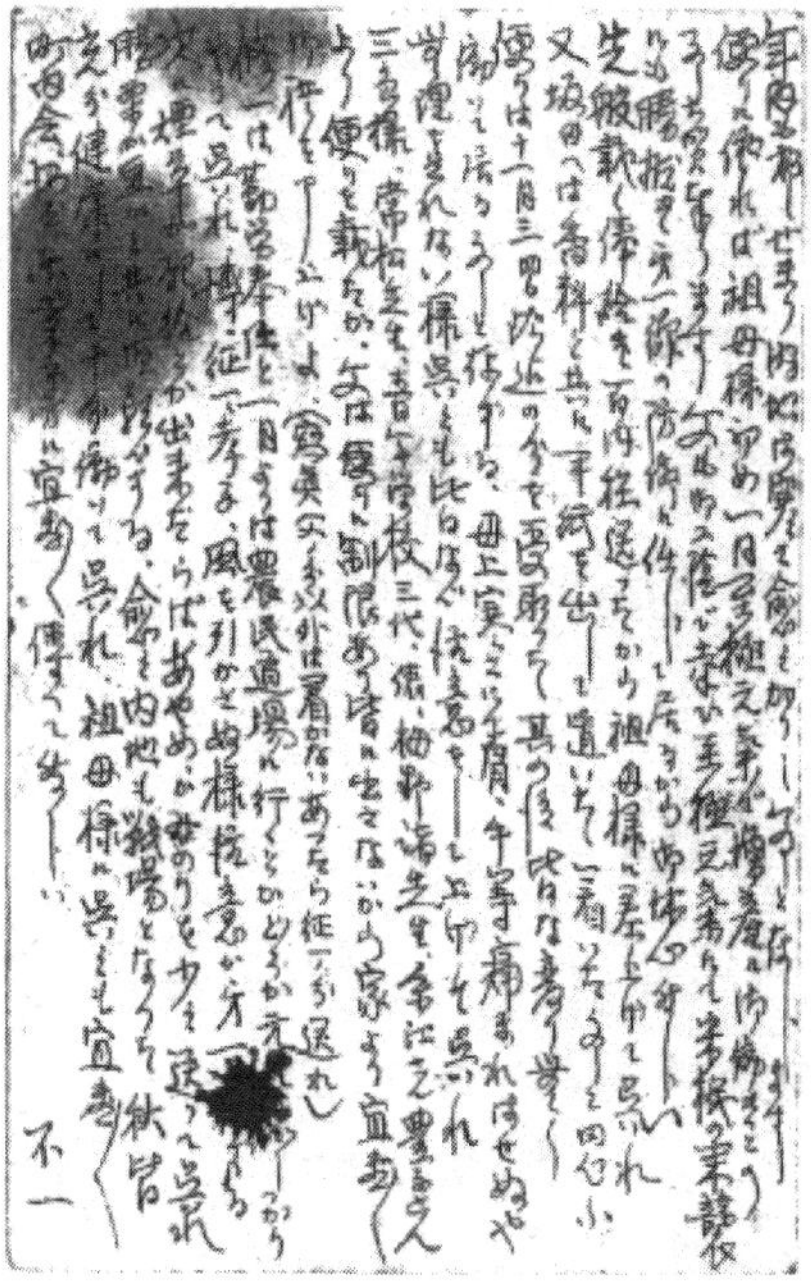

第二十五信

サダ子宛

昭和二十年の新春を迎へ祖母様初め一同元気にて御暮しの事と拝察し大賀に存じます
降って父も御陰を以って幸ひ至極元気にて無事任務を遂行し居るから御安心の事
十二月二十八日小包無事落手し皆の心よりの送り物有難く戦友と倶に戴き越年した
毎日数十回の来襲にも勝抜き上陸以来休みなく服務して先般大隊長より賞状賞品を戴く
之は大隊で七名其の内の一番だったから安心被下い
皆神仏の加護と皆の祈願の御蔭と嘉んで居る
祖母様にも宜敷く話して呉れ
今日五日祖父の命日にて遥に読経し祈願した
今市上町石田の分家より海軍中尉で此の島に八月以来上陸終始煙草を戴いたり何かと御
世話になった方が今度内地勤務にて御帰りになり別れに御出でて此の手紙を託する
いづれ今市にも一度は御帰りになる事と思ふから
石田の分家に行き御礼を申し上げ何彼と島の様子も聞いて呉れ

父は大隊でも一番可愛がられて尠《すく》ない物資の内にもいつも不自由無く将校方もよくして呉れ兵隊もなづいて呉れて今一番だから其の点も安心せよ
内地は本年は寒さ烈しいとの事なるも此処は未だ九月下旬位の気候にて雨もあり水もあり今が一番良い気候であるから皆な元気が良い安心せよ、
所原玉市、江田新市、落合義夫皆な元気でやって居られる何かと話し内地のうわさをしては時間の経つのを忘れて居る事がある
愈々決勝の年敵の攻勢益々烈しく内地も第一線として皆緊張して居られる事と思ふ
皆の写真修一の分も落手御元気の様子嬉しく存ず
いつも胸のポケットに入れ毎日見る
修一の件如何や本月に入り三瓶に行くとかしっかりやって呉れ、博、孝子、征一皆元気で通学と拝察す風邪を引かずにしっかり勉強する様伝へて呉れ
祖母様は神経痛は出ないやら寒さの折御無理をなさらず元気で居て被下《ください》と良く良く御伝へして呉れ
便りに制限があって近所等失礼のみ致し居る親類にも呉々も宜敷く御詫びせよ
三島、御寺等に宜敷く御伝へ申し上げ呉れ

先日小使の貯ったのを百円程送ったが着いたか
祖母様に差上げお小使に御使ひ被下いと申上げ
何彼と不自由と苦労の多い事と察するがどうか身体に気を付けてしっかり父帰る迄家を
護り呉れよ無理をせぬ事一番と思ふ
今父は園山、石原、父三名入る家を立て毎日元気で防空壕掘りをやって居る
之が出来ればどんな弾でも心配ないのを造る
苦しい事もあるが又愉快な事もあり今朝なんか敵機が二機も撃墜せられ皆万歳を唱へた
では之で今日は置く呉々も元気でお暮らしの程祈る
今市石田様に宜敷御礼を申上げ呉れ（又送れたら豆のいったの　オ茶等頼む）

不一

一月五日　　父より

サダ子どの　　周藤金一

【二月十九日消印。差出人の記載なしだが宛書は父の筆跡……東京で私信として投函されたのか？】

第二十六信

サダ子宛

其の後久々失礼した
新なる年を祖母様初め一同元気に迎へし事と拝察大賀の至りに存じ居る
父も御陰で至極元気に米機連日の来襲にも戦ひ勝抜き相変らず防衛の第一線に服務致し居るからどうかどうか御安心の事、
年末には心尽しの小包を無事落手し戦友と倶に分ちあい故郷の香を有難く戴いた、殊に一同の写真を送って呉れて、皆の元気な様子を見、なつかし家、庭を嬉しく見喜んだ
祖母様に宜敷く御伝へして呉れ
修一は本月より三瓶とか如何になったか、
本年は内地は早くより寒烈しく稲扱ぎ等困難の由如何なりしや
酷寒の候にて祖母様風邪、神経痛は如何なりや、御無理をなさらずどうか御元気で御暮しの程、祈ります

修一の写真有難う最後の査閲も終了し、就職も決定との事しっかり元気でやって呉れ、博、孝子、征一も風邪を引かぬ様充分元気で勉強の事、近所の方々に宜敷　不一

【昭和二十年正月早々……硫黄島より（文面穏やか）】

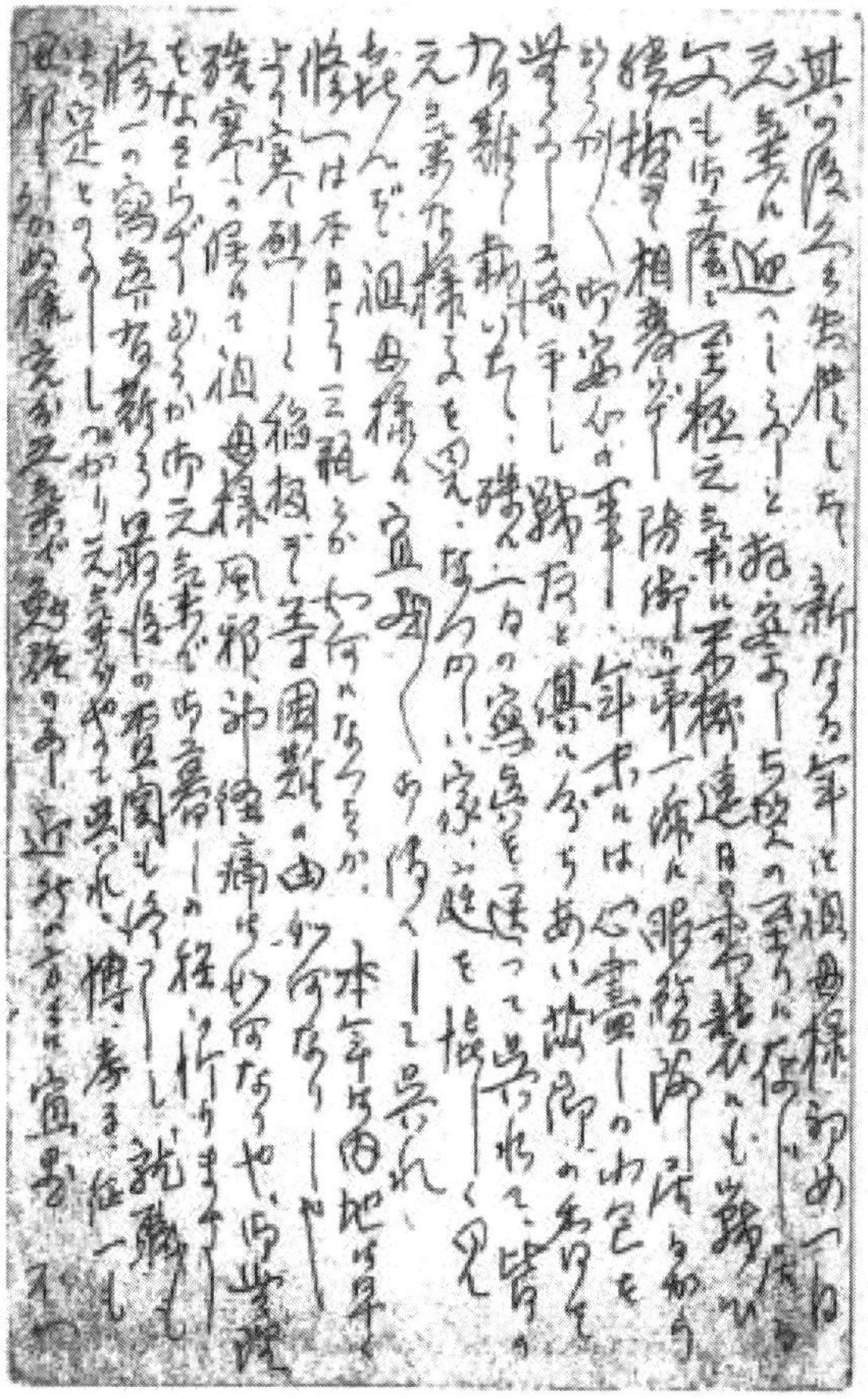

第二十七信

サダ子宛

其の後御無沙汰しました祖母様初め一同元気で御暮しの事と存じます
内地は今や酷寒の候神経痛如何なりや
父も御蔭で幸ひ至極元気連日の空襲にも勝抜き愈々士気旺盛に服務致して居るから御安心の事
十二月末小包到着落手し有難く戦友と共に戴いた
家内中の写真皆元気な姿に接し嬉しく見た征一、孝子の笑顔元気そうな様子あの姿で毎日通学する事と察した
其の後内地は早冷寒気も早く来た様子、米仕事等如何なりしや
修一の三瓶行きは決定し行きたのか案じて居る
町内会、近所等変りはないか知らせて呉れ学校等の様子も知らせ呉れ、近所親類等便りを出さないから家から宜敷く御伝へせよ
決戦も愈々烈しく内地も第一線の今日皆な愈々元気にて留守を護って呉れ、

祖母様に呉々も無理をなさらず御元気に御暮しの様宜敷く御伝へして呉れ
博、孝子、征一に宜敷
元気でしっかり勉強する様伝へ呉れ　では失礼する、　不一

【年末小包到着、修一三瓶行き……昭和二十年一月、硫黄島からの最後の便りか？

この葉書を書いてより一ヶ月後に戦死したと思われる。

米軍上陸開始＝同年二月十九日。二十八日・父戦死。三月十七日決別電報——玉砕の日・同月二十六日最後の総攻撃（組織的戦闘は終了す）】

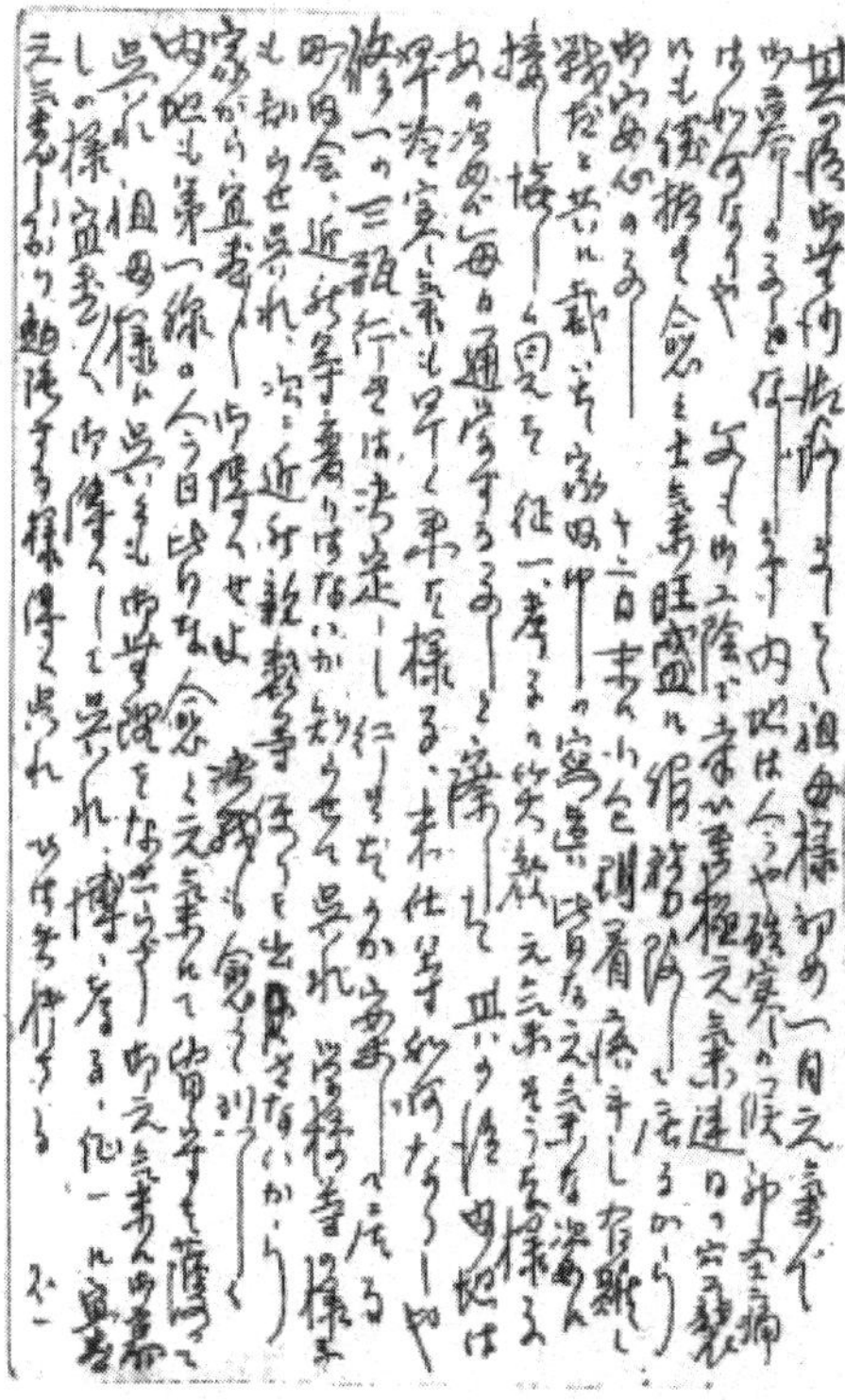

特別信

三島龍雄氏宛

其の後久々御無音にのみ打過ぎ失礼致しました
残暑尚去り難い折柄御尊堂御一同様愈々御健勝の御事と拝察仕ります
降って私事御蔭を以って幸ひ至極元気にて米機にも暑さにも勝抜き愈々旺盛にて軍務に服し居ります
どうか御休心被下い
留守宅は終始一方ならぬ御指導御援助を賜ります由御芳情にて皆元気との事只々感謝ノ外ありません
何分子供の事故此れの上乍ら万々宜敷く御指導賜らん事御願ひ申し上げます
本年農作如何に御座いますす増産の精華の愈々大ならん事祈り申し上げます
末筆乍ら御一同様に山々宜敷く御伝へ被下いますす様御願ひ申し上げます

敬白

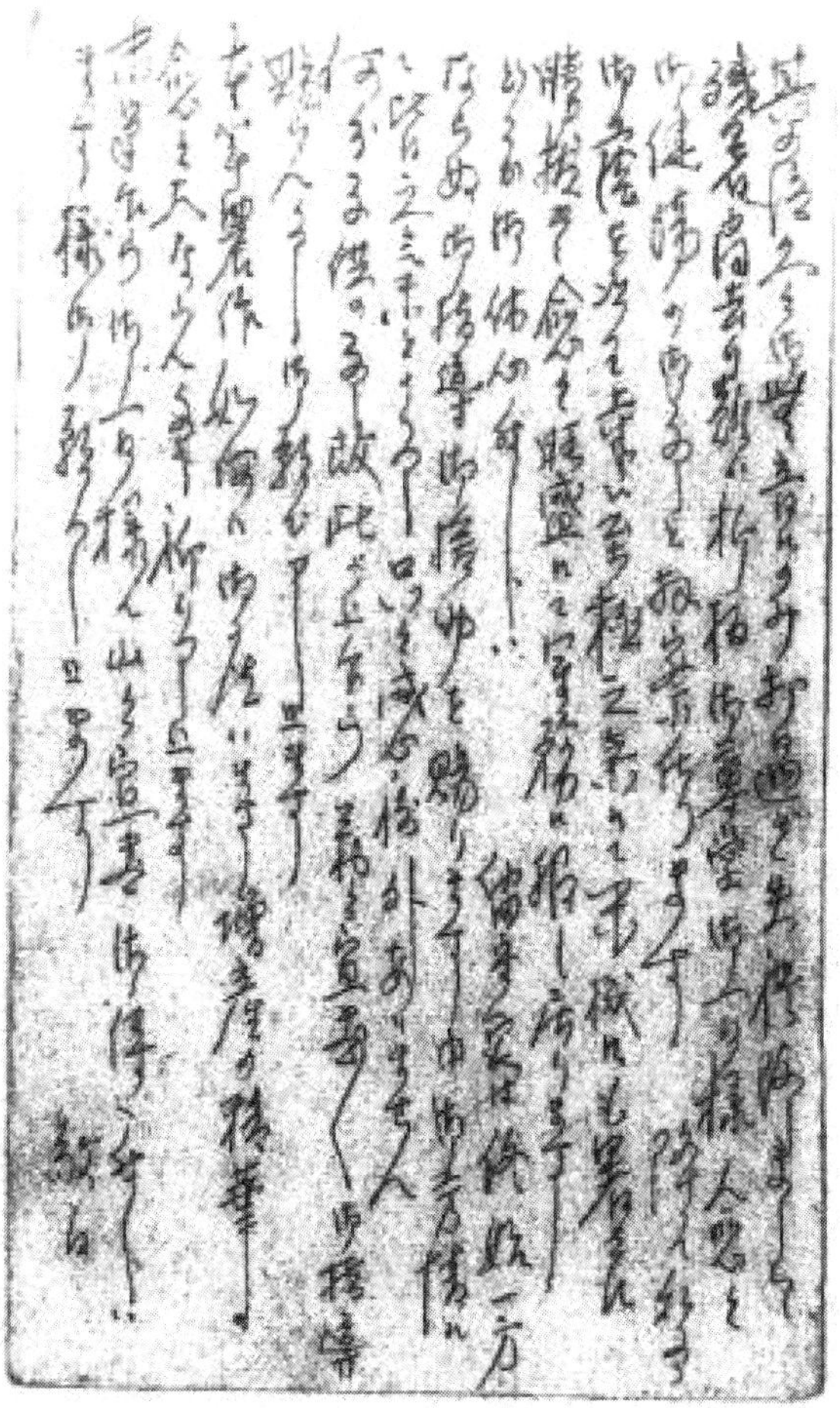

第四部　関係書簡

第一信

塚原正義氏よりサダ子宛

本日は御便りありがたく拝見致しました

お父様も其後愈元気で過日出発せられましたから御安心下さい

今後どうか御体を大切にせられまして銃後を守り御奉公を祈って居ります

何か用事がありましたら私宛御通知下さい

先は御礼まで

【塚原正義氏＝父の手紙にある塚原少尉殿――父が青年学校勤務当時の配属将校か？

父の部隊移動の報でサダ子・修一が浜田へ行くも一足違いで逢えなかったのは、同氏の奥様のご好意か？】

第二信

三谷禎二氏よりサダ子宛

拝復皆さんお達者で何より結構です
お父様は園山軍曹と非常に良いコンビで実に朗かに暮して居り又周囲の者まで朗かにさせてくれます最近まで一緒に居ましたが只今は別々な部隊になりました
私は極近くの隊へ変ったので戦地へ帰れば何時でも会へます
出発直前に会って私の弁当を心配してくれたりいろいろ平素も良い話相手になってくれます
サダ子さんはお母さん代りでお忙しいとの事ですが
お父さんの凱旋迄しっかりやって下さい
　久手町波根西●●●●三谷清一（父）にお暇の節お会ひ下さい

【禎二氏＝清一氏二男――その後硫黄島にて自決。一女あるも奥様は実家（今市）へ帰られ再婚（平田）、遺児は三谷家で養育、現在大田在住とか】

第三信

奈良井章一よりサダ子宛

前略此度お手紙頂き乍ら失礼してゐまして真に申訳ありません
沢山の戦友の方々を失ひ乍ら私丈こうして故山に皈《かえ》りまして亡き戦友の遺族の方に対し何とも逢せる顔がない様な気が致します　真に相すみません
お尋ねになる迄もなくこちらからお報せ致さねば相成らないのでしたが終《(つい)》失礼してしまひました、沢山の方々があるしもう一年も前の事で確かな記憶でない様な気がしますが大体間違ないと信じます
御父上様は二月二十八日と思ひますが二段岩の大隊本部で軽機（軽機関銃）の射撃壕を作る指揮をしてゐられるのに敵の機銃弾が命中して御最後をなされた様に聞いてゐます
当時私は其処から三百米位離れた処に給養を引受けてゐましたのでそれ以上の細い事を知る事を得ませんでした、何れ御地の方面へ行きまして仏様を拝まして頂きたいと存じてゐます
署書で真に失礼でございました、御めん下さい

【サダ子が新聞紙上で硫黄島生還者を知り問い合わせたらしい。その返信。二段岩＝米軍上陸地点より約一キロ北方、その台上に独歩三一〇大隊本部（父所属）があり、東方玉名山・北方大阪山にかけて布陣していたようである。父の戦死は、昭和二十年二月二十八日が事実のようだ】

第四信

奈良井章一氏よりサダ子宛

初夏と云ふのに夏らしい天気がして参りませんのに
日は止めどなく過ぎて後頃お手紙頂き乍ら失礼して洵《まこと》に申訳ありません。
皆様お変りなく御暮のこと、存じます
先般は突然御邪魔致しまして御造作相掛けました。
御父上の生前のお話しで御遺宅は相当悲惨の御事だらうと案じて参りました処
貴女方御姉弟の方が御父上のしっかりした御気性を其侭受けられて世の遺族にたまたま
見かける様なしまりなさも見られず立派に御成人されてゐる御姿を拝見して他人事に思
われず真から安心致しました
当時の様子を少しお話しようかと思ってゐましたが祖母様の悲みを新にする様なので前
にも手紙でお報せしてあること、て失礼してしまひました悪しからず
何卒此上共立派に御成人の程を亡き御父上と同じ気持に於て御祈り致します

【奈良井章一＝父の最期の様子を報告すべく来訪いただいた硫黄島生還者（片腕に重傷を負っておられた）。祖母が激情のあまり追い返したとか。その後、鰐淵寺でお互いにそれとはしらず、すれちがったようだ――サダ子の記憶】

第五信

菊地秋良よりサダ子宛

朝夕めっきり涼しくなりましたね
虫の音に何となく秋のさびしさを感じます。
昨年の此頃を思えば全く感無量です
御便り有難う御座いました。
今度は薬局だそうですね。
お陰様で母も其後順命にて消光いたし居ります。
照子は去る六日尼崎へ帰り又もとの静かさに返りました。
姉上様も恙く御すごしの由何よりです
御帰りでしたら皆様方によろしく御伝下さい。
近日中に、又母が出かけて診断をうける心組です。

草々。

【菊地秋良氏＝父の妹カツノの夫君、現出雲市佐田町窪田の人（その後、松江市へ移住）。

非常に優しい人で御飯を美味しそうに食べられる、その口元が印象的だった。

菊地夫妻は教員。サダ子は病院勤務】

第六信

菊地秋良より修一宛

長いこと御無沙汰しました。皆様御達者ですか。
御祖母様も元気ですやら。御父上様も元気で御奉公でせうね。
自分も健康をそこねてゐましたけれど追々元気ですから御安心下さい。
早いもので思い出の三月二十日が近づきました。
遥かに大陸よりめいふくを祈ってゐます。
内地も随分様子が変ったことでせう。
大陸の状景、様子等御知らせしたいですが、又の機会にします。
現在居る処はずいぶん物価が高くて内地ではとても本当にならん様です。
一例ですがリンゴ一ヶが五百円、小ミカンでも一ヶ三百円ぐらいですよ。
大根でも諸でも一ヶが百円近くしてゐますからね、驚きますよ。
祖母様やサダ子様へよろしく御つたへ下さい、御体大切に。
返事を出されてもとどかんから返信無用です。

又御便りしませうね。

草々

【三月二十日＝叔母カツノの命日（昭和十八年三月二十日死亡）。
リンゴ一ヶ五百円とは。国内は葉書の郵便料二銭。
秋良氏応召】

第七信

菊地秋良より修一宛

以来みなさん御達者ですか。

種々有難う御座いました。

サダ子さん随分疲れられたことでせう。

[redacted](地名か?)に着きました、御安心下さい。

とても暑く内地の八月頃の気候です。

[redacted]、御父さんも元気でせうね。御祖母さんにもよろしく。当分便り出来んか知れません。[redacted]

【[redacted]は、検閲によると思われる削除箇所】

あとがき

父が硫黄島から書き送った書状が数十通、そのすべてに、「祖母様の病気如何」「祖母様に孝養を尽くせ」とあるのに、祖母宛――父から「母」宛――の手紙が一通もありません。

あれほど祖母を気遣った父がなぜ祖母に手紙を書かなかったのか。祖母は字が読めないわけではない、いや、当時の寺子屋では師範代を務めたとか、家は函場といって郵便ポストがあり、切手、はがきを販売していた関係で、時に手紙の代筆などをしていた祖母です。頼まれると、左手に巻紙を取り、毛筆でさらさらと書く祖母の筆跡は、子供の私にも結構達筆に思えました。そんな祖母と父の間に、手紙のやり取りがなかったとは――。不思議に思えてなりません。

姉、兄たちへの書状の文面から察すると、多分一通も書いてないと思われます。いや、むしろ、書けなかったのではないでしょうか。子供たちには、農事、家事の指示などを冷静に書くことができても、「母」に対しては感情が先立ち、書けなかったのではないか。祖母もまた同じだったと思います。

しかし、最後に書いた手紙は、やはり「母」宛だったと想像します。自分の思いを最も伝えたいのは、最愛の妻、その妻を亡くしたばかりの父は、「母」宛に最後の手紙を書き送った。そして、その手紙は「母」の許へついに届くことはなかった。太平洋の藻屑となって消え去ってしまった。あるいは、今もなお、どこか誰も知らない海の彼方で波間に漂っているのかもしれません、祖母の涙と共に。

一片の令状によって、生還の望みまったくなき戦場に送られた、一兵士の書状。母亡き後、祖母と共に残された幼い子供たちに書き送った、ごく内輪な書状ですが、あえてこれを公開します。戦争とは、武器を持って兵が戦う戦場だけではないことを。国家という美名のもとに行われる戦争が、いかに巨大な浪費で無意味なことか、決して我々市民の幸福につながらない愚行であることかを。一片の令状が一瞬にして、平凡で幸せなごく普通の家庭を破壊してしまうことかを、次世代に語り継いで欲しい思いからです。

今、我々が享受している、この豊かさ、この平和、これはかつて硫黄島のみならず、各地で戦い散っていった幾多の人々の、「死」という貴い犠牲の上に成り立っていることを、私たちは決して忘れてはならないでしょう。

玉砕の島の平和や雲の峰　北雨

【家系図】

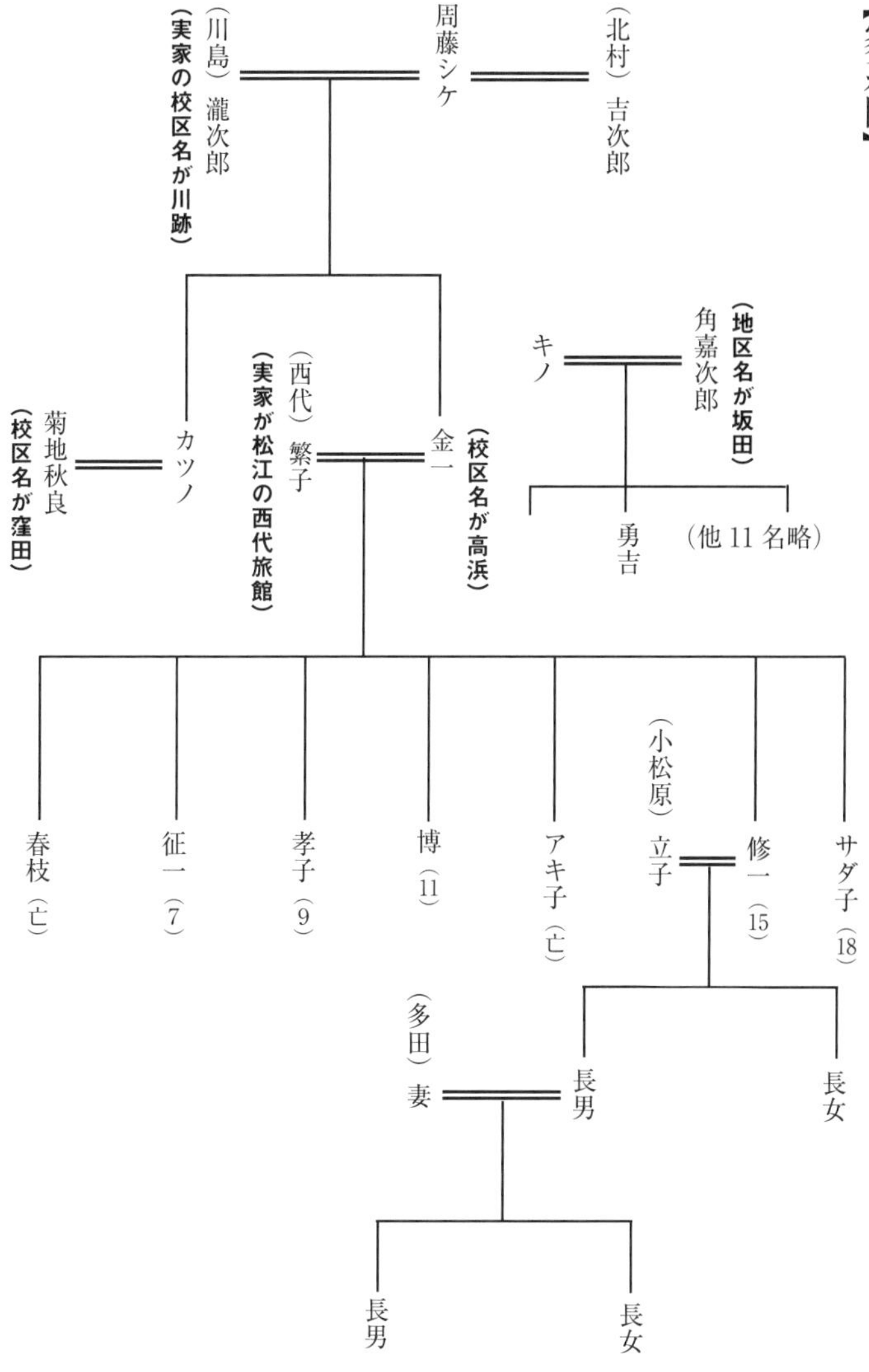
（北村）吉次郎
周藤シケ
（川島）瀧次郎
（実家の校区名が川跡）
キノ
角嘉次郎
（地区名が坂田）
金一
（校区名が高浜）
（西代）繁子
（実家が松江の西代旅館）
カツノ
菊地秋良
（校区名が窪田）
勇吉
（他 11 名略）
サダ子（18）
修一（15）
（小松原）立子
アキ子（亡）
博（11）
孝子（9）
征一（7）
春枝（亡）
長男
長女
（多田）妻
長男
長女

※（）内は受信時年齢

周藤征一（すとう　せいいち）

昭和12年、島年県出雲市生まれ。
高校卒業後に会社員を経て、平成十三年に周藤社会保険労務士事務所を開業。
平成9年9月から硫黄島遺骨収容に参加。
平成19年10月、書簡集『戦場ヨリ父ノ便り』を自費出版。
俳誌「城」同人。号・北雨。

硫黄島からの父の手紙

令和二年六月二十二日　第一刷発行

編　著　周藤　征一
発行人　荒岩　宏奨
発　行　展　転　社

〒101-0051　東京都千代田区神田神保町2-46-402
TEL　〇三（五三一四）九四七〇
FAX　〇三（五三一四）九四八〇
振替〇〇一四〇―六―七九九九二

印刷　中央精版印刷

ISBN978-4-88656-507-5